운현궁의 주인

운현궁의 주인 1

2015년 11월 3일 초판 1쇄 인쇄
2015년 11월 6일 초판 1쇄 발행

지은이 화명
발행인 이종주

기획 팀 이주현 이기헌
책임 편집 이정규

발행처 (주)로크미디어
출판등록 2003년 3월 24일
주소 서울시 용산구 원효로97길 46 5층
Tel (02)3273-5135 Fax (02)3273-5134
홈페이지 rokmedia.com **E-mail** rokmedia@empas.com

값 8,000원

ISBN 979-11-255-9831-2 (1권)
ISBN 979-11-255-9830-5 04810 (세트)

| 화명 장편소설 |

운현궁의 주인

1

ROK
MEDIA
로크미디어

차 례

1장

2015년 2월 운현궁雲峴宮.

노안당老安堂.

"이곳이 바로 운현궁의 사랑채로, 흥선대원군興宣大院君의 정치적 중심이야. 이곳에서 조선 말의 인사 정책과 왕권 강화를 위한 중앙관제 복구, 서원 철폐, 복식 개혁 등 여러 정책이 논의되고 실행되었어. 또한 조선 왕조의 마지막 슬픔이 묻어 있는 곳이기도 하지."

유용준 교수님은 노안당의 디딤돌 위에 올라서서 서른 명 정도의 학생들을 향해서 말했다.

"선생님, 그런데 여기도 궁宮인데 왜 이렇게 작아요? 다른 궁하고 비교하니까 너무 작아요. 그냥 한옥 같아요."

단발머리에 안경을 낀 여학생이 손을 들어서 질문을 했다.

"아~ 그건 이곳에서 임금님이 살진 않아서 그런 거야."

"임금님이 살지도 않았는데 왜 궁으로 불린 거예요?"

미학과 학생으로 한국 역사를 공부했다면 하지 않았을 질문이 들려왔다. 참고로 역사학과만큼 심화로 배우지는 않지만, 미학과 역시 왜 이런 미술의 형태가 생겼는지를 알기 위해서 역사를 많이 배운다.

오늘은 우리 미학과 학생들을 위한 답사가 아니고 중학생들을 위한 서울 문화유산 답사로, 나를 포함한 미학과 학생 세 명은 자원봉사 활동으로 학생들 인솔을 도와주기 위해서 참여했다.

"좋은 질문이야. 궁이라는 건 왕이나 왕비가 사는 곳을 뜻하는 말이지, 그렇지?"

"네~."

학생들은 반짝이는 눈으로 대답하면서 교수님을 바라봤다.

"이곳이 궁이라는 명칭을 받은 것은 고종 황제께서 왕이 되어 궁으로 들어가기 전까지 지내셨던 잠저潛邸이기 때문이야. 아버지인 흥선대원군이 이곳에서 살았기 때문에……."

교수님이 한창 설명을 할 때에 이미 알고 있는 이야기여서 머릿속으로는 다른 생각을 했다. 그러자 심심할 때마다 보는 고급 유머 애플리케이션에서 봤던 한 인물이 떠올랐다.

운현궁의
주인

－운현궁 오라버니, 운현궁의 종주 이우.

강의에서는 조선왕조의 마지막 시절, 그것도 황제의 많은 손자 중 한 명으로 언급되었다. 사료도 별로 없고 또한 역사적으로 중요하지 않은, 그냥 조선의 마지막 왕자 중 한 명이기 때문에 '그냥 이런 사람이 있었다.' 정도로 지나가는 인물이었다.

그런 그가 인터넷에서 갑자기 유명해진 이유는 몇 장의 사진 때문이었다.

그중 하나가 하얀색 줄무늬 정장에 중절모를 쓰고 석조 건물에 기대어 서 있는 사진이었다. 그는 조선 시대라고 생각되지 않을 정도로 세련된 옷을 입고 있었다.

그 사진에서 옷뿐만 아니라 그의 아주 수려한 외모까지 더해져 사람들의 시선을 끌었기에 유명해졌다. 아니, 유명해졌다고 기억하고 있다.

그는 분명 70년도 전에 일제강점기를 살았던 사람이고, 나는 2015년을 살아가는 스물세 살의 이지훈이라는 학생이다.

그래, 분명 내 기억은 이상이 없다. 난 어제 2015년의 2월에 방학임에도 교수님의 답사 여행에 자원봉사자로 신청했다. 조금이라도 더 좋은 학점을 받아서 취직할 때 자그마한 이점을 가지기 위해 노력하는, 어디서나 볼 수 있는 20대 초반의 남자였다.

그런데…….

"괜찮으십니까, 이우 공 전하?"

내 눈앞에는 정장 형태의 옷을 입고 있는 사람이 서 있었
다. 검은색 바탕에 흰색 줄무늬가 들어가 있는 바지에 상의
는 무늬 없는 검은색이었는데, 꼭 찰리 채플린이 나오는 무
성영화에나 나올 법한 옷이었다. 그 사람이 문을 열고 들어
와서 내가 누워 있는 침대 옆에 섰다.

자신을 하야카와 타카오早川隆夫라고 소개한 일본인이었
는데, 그는 다소 특이한 억양의 한국어로 나에게 말을 걸어
왔다.

"네? 아…… 오셨네요."

"전하?"

내가 대답을 하자 그는 이상하다는 표정으로 다시금 물어
왔다.

"아……아닐세. 그래, 이제 왔는가?"

그의 표정에서 내가 순간 뭘 잘못했는지 알아채고 급히 말
을 바꿨다.

원래 이 몸의 주인인 이우 공은 그에게 절대 존대를 하지
않았던 거 같다. 처음 그를 보았을 때 '누구세요?'라는 질문
을 했던 결과가 금방 다녀간 의사였다.

물론 의사가 진찰해서는 아무런 증상도 나오지는 않았다.

나도 당황하기는 했으나 일단 위기는 모면해야 할 거 같아서 잠시 머리가 아파서 그랬다고 둘러대고 의사를 돌려보냈다. 타카오는 방금 그 의사를 배웅하고 다시 내 방으로 들어온 것이었다.

"머리가 많이 아프신 겁니까?"

"조금 아프긴 하군⋯⋯. 오늘은 혼자 있었으면 좋겠는데, 괜찮은가?"

"네, 아직 도쿄東京로 돌아가시려면 일주일 정도 남았고, 오늘은 대외적인 일정은 없습니다."

"그러면 오늘은 쉴 수 있게 해 주게."

"네, 알겠습니다. 온양溫陽에 가 계시는 마님들께도 연락을 넣도록 하겠습니다."

마님들이라고 해서 누구인가 하고 생각을 했는데, 아마도 어머님들을 말하는 거 같았다. 왕자 이우는 여러 명의 어머니가 있었던 것으로 기억한다.

"아니, 그럴 필요 없네. 크게 아픈 건 아니니까 오늘만 쉬면 괜찮을 걸세."

"그래도⋯⋯. 알겠습니다."

그는 뭐라고 말을 더 하려다가 말고는 고개를 숙이면서 대답했다.

"지금이 몇 년인가?"

"지금은 쇼와昭和 15년입니다."

타카오는 이상하다는 듯 고개를 한번 갸웃하곤 대답했다.

"알겠네. 그럼 나가 보게. 혼자 있고 싶군."

내 말에 그는 고개를 살짝 숙이고는 밖으로 나갔다.

반말로 명령하듯이 말하는 것은 생각보다 금방 적응이 되었다. 아직 멈칫멈칫하기는 하지만.

사실 그런 것보다는 일단 어지러운 머릿속을 정리할 필요가 있었다.

쇼와 15년……. 20세기 중반에 사용되었던 일본의 연호인 것으로 기억한다.

이우 공 전하…….

분명히 하야카와 타카오와 왕진을 왔던 의사는 나를 그렇게 불렀다.

하야카와가 나가고 나자 방 안에는 침묵만이 감돌았다.

방 안에 놓여 있는 전신 거울에 나 자신을 비추어 봤다. 내가 23년 동안 보아 왔던 얼굴이 아니었다.

바깥 활동을 좋아하지 않아서 창백하다고 할 정도로 하얀색이었던 나의 피부와는 다르게 야외 활동을 많이 한 듯 햇볕에 그을려서 초콜릿색을 띠는 피부였다. 그리고 잠옷 사이로 보이는 몸은 보디빌더들처럼 커다란 근육을 가진 건 아니지만 딱 보기 좋게 벌어진 어깨에 잔근육이 발달하여 나름 근육질이었다.

그런 미남자가 한 명 서 있었다. 2015년도라면 여자들이 좋아할 만한 모델의 몸매를 가진 사람이었다.

그렇다. 나는 일제강점기의 이우 왕자가 되어 있었다!

며칠 전 인터넷에서 봤던 그 얼짱 왕자의 이름이 이우였고, 운현궁을 물려받아서 공족公族의 직위를 가지고 있는 사람이었다.

그리고 바로 그 사람이 현재의 나였다.

어떤 이유로 이우라는 사람의 몸으로 들어온 것인지는 기억나지 않았으나 일단 어떤 상황인지 파악을 해야 했기에 침대 옆에 있는 탁자의 의자에 가서 앉았다.

탁자 위에는 오늘 자 신문으로 보이는 것이 여러 부 있었다. 두 개는 일본어로 되어 있는 신문이었고 두 개는 한국어와 한문으로 되어 있는 신문이었는데, 매일신보每日申報와 동아일보東亞日報였다.

그중에 동아일보를 펴서 확인했다. 동아일보는 총 두 장 4면으로 이루어져 있었다.

신문에는 '昭和十五年二月十三日'이라고 한문으로 날짜가 찍혀 있었다.

소화 15년 2월 13일. 소화가 몇 연도인지는 아직 정확히 알 수가 없었으나 소화라는 말을 쓰기 시작한 연도가 1920년 대쯤이라 기억하고 있다. 아마도 1930년대에서 40년대쯤일 거라고 추측했다.

내용을 살펴보기 위해서 신문을 펼치자 거의 대부분이 한

자로 되어 있어서 모르는 글자가 꽤 되었다. 그래도 다행히 미학과를 전공했기에 동양의 미술을 공부할 때 한문도 같이 배워서 전부 다 해석은 못하지만 글의 맥락과 내용은 알 수 있었다.

신문의 내용 중에 만주국 동북방 지구에서 적을 섬멸했다는 기사들도 있었다. 아마도 만주와 하얼빈 쪽이나 그 옆쪽을 뜻하는 것 같았다. 그리고 기사 말미에 중일전쟁의 현황에 대해서도 승승장구하고 있다는 식으로 쓰여 있었다.

더 찾아보니 중간에 '鍾路署員들 率先하야 創氏(종로서원들 솔선하야 창씨)'라는 기사도 보였다. 종로서의 고등계와 경무계의 김태식, 화우갑 등 일곱 명이 창씨개명을 했다는 내용이었다.

그 외에도 중학생들이 돈을 모아서 전방의 전선으로 헌금을 보냈다는 내용을 비롯해 대부분이 일본의 전쟁과 천황을 찬양하는 기사들이었다.

신문을 꼼꼼히 살펴보면서 대략적인 연도를 알 수가 있었다.

아마도 지금은 1940년도인 거 같았다. 중일전쟁이 1930년대 후반부터 시작하는 것으로 기억하고, 또한 창씨개명을 시작한 시기가 진주만 공습으로 태평양전쟁이 일어나기 1년 전이니까.

일본은 태평양전쟁을 준비하면서 조선을 완전히 자국민화

시켜 통치하려 했다. 그들은 외부의 전선을 유지할 때 조선 안에서 문제가 발생하지 않도록 하려고 창씨개명을 시작으로 조선인들을 '황국신민화'하는 내선일체内鮮一體를 내세운 것이다.

1941년 12월. 일본이 진주만을 공습하는 달이다. 진주만이라는 영화를 감명 깊게 봐서 연도와 월까지 기억하고 있었다.

그리고 기사에서 종로서 사람들이 솔선해서 창씨를 했다는 것을 보면, 이제 막 창씨개명을 시작한 것으로 짐작되었다.

이런 문제들을 종합해 보니 1940년도라는 결론이 나왔다.

나는 신문을 다시 탁자에 던져 놓고 머리를 뒤로 넘기고는 눈을 감았다. 그러고는 어제의 기억부터 차근차근히 떠올려 보았다.

2015년 2월 13일 금요일.

유홍준 교수님이 진행하는 서울 문화유산 답사에 자원봉사자로 참여했다. 창덕궁과 창경궁, 운현궁, 종묘 순서로 문화유산을 둘러보는 행사였다.

창덕궁과 창경궁을 둘러보고 나서 운현궁까지 왔던 기억은 났다.

그리고 노안당 앞에서 교수님이 아이들에게 설명을 하고 나서 노락당老樂堂으로 이동할 즈음이었다. 내가 가장 뒤쪽에서 애들을 챙기기로 해서 이동하는 것을 기다릴 겸 노안당을 둘러보았다.

여기까지 기억을 더듬었을 때 머릿속에 반지에 대한 생각이 떠올랐다.

반지 생각과 함께 눈을 뜨고 손을 둘러보니 손에는 반지가 없었다. 그러다 목에서 이물감이 느껴져 손을 넣어 꺼내자 가죽끈 목걸이에 펜던트로 걸려 있는 반지가 눈에 들어왔다. 바로 내가 찾던 그 반지였다.

그 반지를 기점으로 잊혔던 기억들이 뭉게구름 피어오르듯 하나둘씩 떠오르기 시작했다.

나는 노안당에서 학생들이 다 이동하는 것을 기다린다고 서 있다가 노안당의 마루 밑 햇볕이 들지 않는 각도에서 나의 눈을 향해서 반짝거리는 무언가를 느꼈다.

그게 무엇인가 궁금해서 마루 쪽으로 갔다. 마루로 가자 그 빛이 깜빡깜빡하며 점멸했다. 그래서 디딤돌에 올라서 마루 밑으로 엎드리자 빛의 근원지가 바로 보였다.

어두워서 그게 무엇인지 자세히는 안 보였다. '아마도 LED 손전등 같은 게 아닐까?' 하고 손을 넣었는데, 무언가 따끔한 느낌이 들었다. 그래서 놀라 손을 뺐다가 손에 아무 이상이 없는 걸 보고 다시 손을 넣어서 꺼냈다. 무언가 따끔거리는 것에 대한 공포보다는 '반짝거리던 게 무얼까?'라는 호기심이 훨씬 강했다.

손을 넣어서 잡힌 것을 꺼내자 그곳에는 금 색깔의 반지가 하나 있었다.

바깥은 아무런 무늬도 없는 금반지였는데, 안쪽에는 알아볼 수 없는 글자가 쓰여 있었다. 그리고 그 글자들 틈새에 붉은색 혈액이 조금씩 퍼져 나가고 있었다.

"유옹준 교수님!"

이게 무엇인가? 신기하고 궁금해서 전문가이신 교수님에게 여쭤 보려고 교수님을 부르면서 주위를 둘러보자 마치 운현궁이 폐장이라도 한 듯 고요했다.

방금까지 주위를 둘러보던 학생들도, 관람하던 일반인들도, 또 노락당으로 가면서 학생들에게 이것저것 설명하시던 유옹준 교수님도 보이지 않았다.

겨울답지 않게 따갑게 내리쬐던 햇볕조차도 보이지 않았다. 어두운 것은 아니었고 분명 사물이 다 분간이 갈 정도로 밝았는데, 그 광원光源이 어디인지 알 수 없는 느낌이었다.

마치 시간이 멈춘 듯한 고요함에 놀라 노락당으로 가는 문으로 뛰어갔다. 아니, 뛰어가려고 했다. 그런데 마치 물속에 들어와 있는 것처럼 뛸 수가 없었다.

겨우겨우 몸을 움직여서 노락당으로 가는 문에 도착했을 때, 나의 눈에 보인 건 아무것도 없는 검은 세계였다.

3D 게임을 하다가 그래픽이 깨지거나 버그로 아직 구현

되지 않은 세계에 들어가면 보일 듯한 그런 모습이었다. 문까지의 노안당은 있었는데, 문 너머의 노락당이 보이지 않았다.

당황하고 놀라서 두리번거리고 있을 때, 마당 한가운데에 검은색과 붉은색이 섞이고 팔과 가슴에 금색 실로 용이 수놓인 조선 시대 무관복 같은 옷과 붉은색 모자를 쓴 30대 정도로 보이는 사람이 서 있었다.

순간 너무 놀라서 뭐라고 말을 하고 싶었는데, 아무 말도 나오지 않았다. 머릿속은 모든 기능이 정지한 것처럼 어떠한 생각도 떠오르지 않았다.

느끼기에 오랜 시간 동안 그렇게 아무 말도 못 하고 가만히 서 있었는데, 서 있던 사람이 고개를 돌리면서 나를 바라봤다.

"허허, 진실이었단 말인가······ 그 노승老僧이 했던 말이 정녕······."

그 사람은 주위를 둘러보고 나를 보더니 한탄하면서 혼잣말을 했다.

그의 혼잣말 덕분에 나의 정신이 조금은 돌아왔고, 이게 어떻게 된 일인지 알고 싶다는 생각이 들었다. 그러나 아직 그에게 말을 걸어서 알아볼 만한 용기가 나지 않았다.

주위를 돌라보며 혼잣말을 하던 그가 나를 보고는 말했다.

"자네가 나를 대신할 사람인가?"

"무, 무슨 말씀이신지 자, 잘…… 모르겠습니다."

말을 하려고 하자 목이 잠겨 있어서 헛기침을 한번 하고 다시 말을 이었다.

"이상하군. 이곳으로 왔다는 건 나의 후손이란 말일진대 나를 모르는가?"

정말 이상하다는 듯 고개를 갸웃거리면서 말했다.

"잘 모르겠습니다."

어떻게 된 일인지 무슨 말인지 짐작조차 가지 않아서 난 잘 모르겠다는 답변만 했다.

"그런 것이야 차차 알아 가겠지……. 후손이여, 대한제국 을 부탁하네. 내가 완수하여야 했으나 못 했던 제국의 독립 을 부탁하네……. 일어나게 되면 기억들이 조금씩 떠오를 것이야. 언제로 돌아갈지는 모르겠으나, 자주독립을 위한 염원을 꼭 완수해 주었으면 좋겠네. 시간이 많지 않아 자세 히 말하진 못하나 깨어나게 되면 알게 될 걸세. 대한제국을 부탁하네."

우리나라는 지금 독립을 했다고 말을 하려고 했으나, 입이 본드로 붙여진 것처럼 아무 말도 할 수가 없었다.

그 사람이 말을 마치자 그 모습이 흐릿해지더니 없어지고, 노안당의 건물과 땅에 균열이 생기기 시작했다.

처음에는 건물이 두 조각으로 나뉘었고 이어 땅이 두 조각으로 나뉘더니 네 조각, 스무 조각으로 갈라져 나갔

다. 그러다 얼마 지나지 않아서 아주 작은 조각들로 깨어
졌고, 하나하나의 조각들이 반짝이면서 어둠 속으로 사라
져 갔다.

　그것이 나의 마지막 기억이었다.

　그때는 그 말을 하는 사람이 누구인지 몰랐으나, 지금 보
니 이우 왕자였다. 거울을 통해서 얼굴을 보니 정확해졌다.
원래 이 몸의 주인이었던 것이다.

　생각이 거기까지 미치자 모르는 기억들이 내 머릿속에서
떠오르기 시작했다.

　어린 시절 친형인 이용길과 함께 칼싸움해서 이긴 기억.
원래의 나 이지훈은 형이 한 명이 있지만, 이런 적은 없었다.

　처음에는 기억들이 작게 열린 구멍으로 흘러나오는 느낌
이었다가 이내 그 작은 구멍이 조금씩 커져서 여러 기억이
한꺼번에 떠오르는 것 같더니, 어느 순간 걷잡을 수 없을 정
도로 많은 기억이 엄청난 고통과 함께 쏟아져 들어오기 시작
했다.

　내가 겪었던 기억들이 아니라 처음 보는 기억들이었다. 그
러나 내가 겪은 것처럼 또렷하고 생생했다.

　분명 처음 보는 사람이었지만 영친왕이라는 생각이 드는
인물 앞에서 매화 꾀꼬리를 부르는 나.

　열 살이 되던 해에 억지로 일본으로 유학을 가게 되는 나.

융희제(순종)께서 승하昇遐하시기 직전 조용히 창덕궁으로 불러서 유지를 남기시는 것을 듣고 있는 나.

융희제가 승하하시자 장례식을 집행하는 종척집사宗戚執事를 하는 나.

융희제의 유지에 따라 대한제국의 비밀 군대였던 광무군과 일본 몰래 연락하는 나.

일본 육군사관학교를 졸업하고 치욕스러운 일본의 군인이 되어서 근무를 하는 나.

일본 육군대학교를 졸업 후 북중국 방면군 소속으로 타이위안으로 파견되는 나.

타이위완에서 강제징용이 된 조선인 군인들을 빼돌려서 타이항산 유격대와 광무대로 합류시키는 나.

자주독립을 위한 독립 전쟁을 계획하는 나.

친아버지 의친왕의 도움으로 여러 독립운동가와 만남을 가지는 나.

독립된 조선은 민국, 백성을 위한 나라가 되어야 한다고 말하는 나.

영친왕 이은에게 조선의 독립을 위해서 같이 싸우자고 말하지만 거절당하는 나.

일본 천황 앞에서 조선 독립의 당위성에 대해서 열변하다가 쫓겨나는 나.

검은 버섯구름이 생겨서 올라가는 것을 보다 바람에 휩쓸리는 나.

진흙 속에서 일어나 폐허가 된 주변을 바라보다 걸어가는 나.

병원으로 옮겨져서 병실에 있는데 지저분한 의사 옷을 입은 의사가 들어와서 나에게 주사를 놓는 것을 가만히 바라보는 나.

흐릿해지는 시야.

형광등이 깜빡이듯이 화면이 깜빡깜빡하더니 꺼졌다.

짧은 시간이었지만 이우 왕자의 일생이 나의 머릿속을 지나갔다.

그러는 동시에 조금씩 고통이 밀려왔다. 그리고 그 고통은 지저분한 옷을 입은 의사가 주사를 놓고 나서 시야가 흐려지는 것을 기점으로 더는 버티지 못할 정도로 크게 밀려들어왔다.

억지로 참고 있던 비명은 엄청난 고통 탓에 입 밖으로 터져 나왔고, 동시에 기절했다.

"오라버니, 정신이 드시나요?"

얼마나 누워 있었는지는 모르겠으나 눈을 뜨니 20대로 보이는 여성 한 명이 침대 옆에 앉아 있다가 말을 걸어왔다. 그 여자 뒤에 있던 전통 한복을 입은 두 명의 중년 여성도 그 말에 반응하고는 내가 누워 있는 침대 쪽으로 다가오면서 말을 걸었다.

운현궁의
주인

"우야, 정신이 드니?"

"아드님, 괜찮으세요?"

"네, 괜찮습니다. 별일 아닌데 걱정을 끼쳐 드려 송구스럽습니다."

세 사람에 대한 기억은 나의 머릿속에 있었다. 처음 보는 사람이지만 기절하기 전 머릿속을 강타하고 지나간 기억의 파편 속에 존재하는 얼굴들이었다.

침대 옆에서 나의 손을 잡고 있던 젊은 여성은 박찬주로 이우 공의 비, 즉 나의 부인이었다. 다른 두 중년 여성은 이우 공이 어머니라고 부르는 세 분 중 두 분이었다. 사동궁寺洞宮에 있을 때 이우 공을 돌보셨던 의친왕비이자 이우 공이 사동궁 어머니라고 부르는 덕인당德仁堂 김씨와 이우 공이 양어머니라고 부르는 이준 공의 비 광산 김씨였다.

기절하기 전 머릿속으로 기억들이 한꺼번에 들어왔다. 그래서 모든 것들이 생생하게 기억이 난다기보다는 방아쇠를 당기듯이 시발점始發點이 되는 기억 한 가지를 떠올리면 그 기억을 따라서 그것과 관련된 기억들이 연결되어 나오듯이 떠올랐다.

"별일이 아니라니요. 오라버니가, 그 건강하던 오라버니가 쓰러지셨는데……."

나의 옆에서 손을 잡고 있던 부인인 박찬주가 화를 내듯 이야기를 하다가 눈물을 훔쳤다. 그러자 양어머니인 이준 공의 비가 그녀의 어깨에 손을 올리면서 진정시켰고, 사동궁 어머니께서 걱정하며 나에게 말씀하셨다.

"애야, 일어났으니까 일단 의사에게 진찰을 다시 받아 보고, 안 되면 도쿄에 가서 더 깊이 검사를 받아 보자꾸나."

"아니에요. 아까 다녀간 의사가 큰 이상은 없다고 이야기했어요. 최근 제가 생각할 것이 있어서 잠을 못 자 그런 거니까, 너무 걱정하지 마세요."

두 분 어머니와 부인은 나의 말에도 걱정을 끝내지 않고 더욱 이야기를 했는데, 나는 머리가 아팠던 이유를 설명할 수가 없어서 답답했다.

한참을 실랑이를 하다 결국 방학이 끝나고 다음 주 학교에 다니기 위해서 육군대학교가 있는 도쿄로 돌아가면 일본 황실이 가는 황실 병원에서 정밀 검사를 해 보기로 약속하고서야 일단락되었다.

후에 친어머니인 수인당修仁堂 김씨까지 평양에 있다가 연락을 받고 급히 와서 하루 동안 네 명의 여성에게 시달렸다.

다행히 집사인 하야카와 타카오가 의사가 절대적으로 안정을 취해야 한다고 했던 이야기를 하고 나서야 어머니들은 사동궁과 운현궁으로들 돌아갔고, 부인인 박찬주 역시 아직은 어린 아들을 돌보기 위해서 안채로 갔다.

2장

다들 돌아가고 나서야 정신을 차렸는데, 처음으로 생각을 정리할 수 있는 시간이 생겼다.

"전하, 바람이 차갑습니다."

내가 방의 문을 열고 마당으로 나가자 기억 속 운현궁에 배속되어 있던 나인이 말을 걸어왔다.

나인에게 괜찮다고 말하고 물러가도록 하고는 마루에 서서 건물 너머의 불빛을 봤다. 운현궁 노안당 기와 너머로는 건물들의 불빛이 보였다.

아직 이 기억들이 믿기지 않았다. 그러나 집 안의 풍경, 기와 담장 위로 보이는 서울이라고는 믿기지 않는 시골의 읍내 같은 어두운 풍경, 나의 몸을 휘감는 상쾌하지만 조금은 추운 바람, 내가 물러가라고 했지만 조금 떨어진 곳에 서서 나의, 아니 이우 공 전하의 건강을 염려하면서 이러지도 저러지도 못하는 나인 그리고 모든 물건을 볼 때마다 떠오르는 이질적인 기억들이 모든 게 꿈이 아니고 현실이라는 것을 느끼게 해 주었다.

이우 공 전하의 기억 속에서 왜 이런 상황이 벌어졌는지에 대한 답을 찾을 수가 있었다.

내가 만졌던 반지, 그게 바로 매개체였다. 매개체인 반지에 조선 왕족의 피가 묻으면 마지막 소유자였던 사람의 일생 중 한순간으로 돌아온다고 했다.

이 부분에서 나는 순간 '내가 왕족이었나?'라는 생각이 들었다.

본관이 전주全州이고 성씨가 이李씨였기 때문에 조선 왕가와 똑같기는 했다.

이런저런 생각을 정리하다가 문득 미래의 나는 어떻게 되는 건가 하는 생각이 떠올랐다. 타임 패러독스Time Paradox, 미래에서 SF(공상과학소설)를 볼 때 나오는 문제였다.

지금의 내가 원래 내가 알고 있는 역사와는 다른 행동을 해서 그것이 미래를 바꾸게 되면 어떻게 되는 것인가?

어떤 행동으로 나의 아버지나 할아버지가 죽는다면?

아니면 바뀐 역사로 인해서 나의 아버지와 어머니가 만나지 못하고 각각 서로 다른 분을 만나서 아이를 낳는

다면?

나는 누구의 자녀인가, 아니 과거로 회귀해 와야 하는 미래의 내가 없어지면 현재의 나도 없어지는가?

그런 생각을 하고 있을 때 머릿속으로 이우 공과 어느 노승과의 대화 장면이 재생되었다.

"……전하, 융희제께서 공을 후계로서 택하셨고, 그에 따라서 태조의 기운이 남겨져 있는 반지를 계승하셨습니다. 그래서 반지의 계승자인 공의 옥혈玉血을 얻기 위해 왔습니다."

"……융희제께 듣기는 하였으나 그 이야기가 너무나 신묘神妙하여서 믿지를 못했는데……. 그래, 이 반지에 나의 피를 넣으라는 것인가? 융희제께서는 이 반지가 우리 조선의 명운命運을 쥐고 있다고 하셨네."

"그러하옵니다."

"내 어찌하면 되는가?"

노승은 고개를 숙이면서 양손으로 용 조각이 되어 있는 반지함을 나에게 내밀었다. 그리고 내가 그것을 받아 들자 말을 이었다.

"반지를 어수御手에 착용하시면 따끔하실 것이옵니다. 그리고 잠시 기다리시면 됩니다. 반지에 음각되어 있는 문자에 피가 퍼졌다가 사라지면 끝이 나는 것입니다."

기억 속 나는 더 고민할 것도 없다는 듯 반지를 손가락에

끼었다. 그러자 따끔거리더니 반지의 바깥쪽에 음각되어 있는 문자들 사이사이로 피가 퍼져 나갔다.

내가 과거로 올 때와는 달랐다. 그때는 피가 퍼지는 문자가 분명 반지의 안쪽에 있었는데, 지금은 반지의 바깥쪽에 있었다.

반지에 퍼져 나가던 붉은 피가 한순간에 사라지자 반지의 바깥에 있던 글씨들이 사라지기 시작하더니 반지의 바깥이 매끈해졌다.

반지를 손에서 빼내자 착용하기 전에는 매끈했던 반지의 안쪽에 알 수 없는 글씨들이 새겨져 있었다.

"원래 이렇게 되는 것인가?"

반지를 원래 있었던 반지함에 다시 넣어서 노승에게 건네며 물었다.

"네, 이렇게 된 반지는 이제 다음 계승자가 나올 때까지 공의 시대를 담고 있을 것입니다."

"나의 시대를 담고 있다라……. 융희제께 듣기는 하였지만 그게 정말 사실인 건가? 나의 후예가 조선을 다시 살리기 위해서 내가 된다?"

"태조 대왕께 은혜를 입은 지운志云 대사大師께서 그 은혜에 보답하시기 위해 본인의 열반涅槃을 포기하시고 만드신 반지입니다."

"이 반지가, 아니 지운 대사가 필요하다 느낄 때 필요한 순간으로 나의 후인後人을 데리고 온다고 들었는데 맞는가?"

"그 효력은 정확하지 않으나 저희 역시 그리 알고 있습니다."

"그대의 사찰寺刹 전체가 이 반지를 위해서 유지된다고 들었네만."

"그러합니다. 소승이 알기로는 반지로 인하여서 새로운 세상이 열리게 되면 본사本寺는 사라질 것입니다."

"새로운 세상이 열린다라……. 이 반지 속에 계시는 지운 대사께서는 아직도 조선의 위기가 아니라고 생각하시는 건가 보네…… 대한제국이 일제에 국치國恥를 당해 사라진 지 16년인데 말이야……."

"알 수가 없습니다. 이미 새로운 세상이 열렸을 수도 있고, 지나가서 후대에 열릴 수도 있습니다. 이 세상은 새로운 세상과는 다르게 또 다른 길을 묵묵히 걸어갈 뿐입니다."

"……그 말은 새로운 세상과 이 세상이 같이 유지된다는 뜻인가?"

"소승이 알기로는 그렇습니다. 이 세상에서 본사가 사라지고 사람들의 기억 속에서 지워진다면, 새로운 세상이 열린 것이라 알고 있습니다. 반지는 단지 이 세상과 새로운 세상을 연결 짓는 증표證票, 만약 공의 대에서 새로운 세상이 열리게 되면 잠시 동안 연결될 때에 공과 저쪽 세상의 후인이 스쳐 지나갈 것입니다."

"그 말이 사실이었으면 좋겠네그려……. 내 융희제께 말은 들었지만 반신반의半信半疑하는 일이니 말이야."

"그리될 것입니다. 그리고 이 증표는 혹 공께 무슨 변고變故가 생겨 후인을 정해야 하신다면 건네주시면 됩니다. 그리하면 본사에서 반지의 계승을 위해서 찾아갈 것입니다."

노승이 원형의 옥 장식품에 붉은색 천이 연결된 것을 건넸다. 받아서 살펴보니 위 원형의 옥 장식에는 용이 수놓여 있었고, 붉은색 실에는 금색 실까지 섞여서 어딘가에 묶을 수 있게 되어 있었다. 마치 옥으로 만들어진 호패號牌 같은 느낌을 주었다.

"알겠네. 후계를 정하게 되면 이것을 건네어 주고 어디로 기별奇別을 넣으면 되는가?"

"기별을 하실 필요는 없으십니다. 공이 아닌 조선 왕가의 피를 이으신 다른 분이 이것을 지니게 되시면, 당대 본사의 주지住持가 알게 될 것입니다."

"그런가? 하긴…… 이런 반지가 있는데 그 정도야 어렵지도 않겠구먼, 하하."

내가 호탕하게 웃자 노승은 고개를 숙이고는 사찰로 돌아가겠다고 이야기했다. 내가 알겠다고 말하자, 노승이 일어나서 나갔다.

노승에 대한 기억은 거기까지였다.

노승의 말을 종합해 보자 대략적인 감은 왔다. 물론 추측일 뿐이지만 노승의 말을 정리해 보면 나는 조선의 명운을 책임지고 과거로 넘어온, 또는 지운 대사에게 선택받은 조선 왕실의 후예였다.

물론 왜 나인지는 알 수 없었다.

그리고 내가 SF에서 봤던 여러 가지 가설 중에 나의 상황과 가장 근접한 이론으로 생각되는 건 아마도 다중 차원인 것 같았다.

내가 과거의 내가 살고 있던 차원에서 이 차원으로 넘어왔으나 과거의 나는 계속해서 살아가고 있을 것이다.

그리고 내가 이곳에서 역사에 관여해 역사가 바뀌어 내가 태어나지 않는다 해도, 이 차원에 태어날 나와 현재의 나는 다른 인물이기 때문에 서로 영향을 주지 않는 것 같았다.

이곳은 내가 알고 있는 그곳과 지금은 같은 곳이지만 앞으로 나의 행동에 따라서 다른 세상이 될 것으로 생각되었다.

얼마나 여기에 관한 생각을 했는지 알 수 없다. 문득 건물 쪽에서 인기척이 느껴져서 뒤를 보자 안절부절못하는 나인 두 명이 서 있었다. 그중 한 명은 내가 처음 나왔을 때 바람이 차다며 나를 만류했던 그 나인이었다.

의문스러운 표정으로 그들을 바라보자 나의 시선을 느꼈는지 급히 고개를 숙이면서 말했다.

"전하, 지금 몸도 편찮으신데 이렇게 찬 바람을 맞으시면

마마님들께서 소인들을 경을 치십니다. 안으로 드시지요."

두 나인들은 정말로 큰일이 날 듯한 표정으로 나에게 말했다.

두 나인이 추운 겨울 날씨인데도 얇아 보이는 옷을 입고는 추위에 몸을 떨면서 나에게 말하는 모습을 보자 그들에게 미안해졌다.

나는 방에서 나오며 날이 추워 두꺼운 솜이 누벼져 있는 외투를 걸쳤다. 그래서 바깥에서 생각한다고 장시간 서 있어도 괜찮았는데, 내가 들어가라고 했던 나인이 들어가지 않았고 거기다 다른 나인까지 합세해서 나를 기다리고 있는 줄은 미처 몰랐다. 그래서 그들의 권유를 거절하지 않고 바로 방으로 들어왔다.

彩琳雅

밤새워 뒤척이며 복잡한 머릿속을 정리하다 보니 새벽녘에야 겨우 잠이 들었다. 아니, 잠깐 눈을 감았던 거 같은데, 바깥이 소란스러워져서 눈이 뜨였다.

몸을 일으켜서 창문을 열자 이미 해는 떠올라서 중천을 지나가고 있는 중이었다.

나를 눈뜨게 한 소란은 창문 쪽이 아니고 바깥으로 나가는 문 방향에서 이어졌다.

"아니, 전하께서는 아직 기침하지 않으셨습니다. 지금 여기서 이렇게 소란을 피우시면 안 됩니다, 경부."

"하야카와 상, 지금 그 말을 나보고 믿으란 말이오?"

"사실입니다! 어제 병환으로 의원이 다녀갔고, 휴식을 취하셔야 한다는 처방이 있었습니다. 그래서 아직 주무시는 것이고요."

"몇 년 전에도 병환으로 아프셔서 두문분출杜門不出하시는 척하시고는 불령선인들과 만나셨었지! 난 지금 당장 이우 공 전하를 만나야겠소!"

"아직 기침하시지 않은 분을 어찌 뵙는다는 말이오! 정 그러시다면 사랑채에서 잠시 기다렸다가 기침을 하시면 그때 전하를 알현하시지요."

"아니, 그 말은 불령선인들을 다 만나고 올 동안 기다리라는 것이오! 난 그때 그 헌병대같이 허술한 사람이 아니오!"

"그런 게 아니지 않습니까! 지금 안채에서 주무시고 계시다고 몇 번을 말씀드립니까!"

"이우 전하께서 새벽에 기침하시어 8시가 되면 오전 운동을 하신다는 건 온 경성부 사람들이 다 아는 사실인데 아직 기침을 안 하셨다는 말을 믿으란 거요?"

두 사람의 말다툼을 방 입구에 서서 가만히 듣고 있으니까 목소리 주인공에 대한 기억이 떠올랐다.

목소리의 주인공은 김태식金泰植이라는 조선인으로, 경성

부 종로서 고등계 경부(현재로 치면 경찰서 과장급)였다.

고종 황제께서 반상 제도班常制度를 폐지하셨다고는 하나 평민 출신인 그가 그것도 일제 치하에서 조선인으로 고등계 경부라는 높은 직책까지 올라갔다는 건 그만큼 조선을 수탈하고, 백성을 괴롭히고, 독립운동가들을 많이 잡아들인 일본 앞잡이라는 뜻이었다.

이우 공의 기억 속에도 아주 악질로, 별명이 인간 백정일 정도였다. 독립군과 조선인을 고문할 때에는 손 속이 너무 잔인해서 일본인 헌병들조차 고개를 흔들 정도라고 기억돼 있었다. 특히 1940년부터는 일본으로부터의 독립을 항상 주장했던 이우 공을 일제의 지시를 받아 감시하는 역할까지 겸해서 자주 부딪쳤던 인물이다.

물론 그가 공족인 이우 공을 직접적으로 겁박하거나 하지는 못했지만, 이우 공이 준비했던 독립운동과 독립 전쟁을 여러 번 방해하고 이우 공의 주변 인물들을 괴롭혔던 인물이었다.

그는 소리쳐서 나를 깨우겠다는 생각인지 목소리가 점점 커졌다. 내가 방에서 나가지 않고 더 이렇게 있으면 문을 열고 들어올 기세로 소리를 질렀다.

다행히 어젯밤과 방금 훑어본 기억들 덕분에 그를 어떤 말투로 대해야 하는지는 대충 감이 잡혀서 문을 빠르게 열어젖혔다.

마당에는 두 사람만 있는 것이 아니었다. 김태식의 뒤쪽으로는 경찰 제복을 입고 있는 사람이 다섯 명 정도 보였다. 반대편엔 하인처럼 보이는 한복을 입은 장정 여덟 명이 내 거처인 노락당을 보호하듯이 서 있었는데, 그 선두에서 집사인 하야카와 씨가 당당히 서서 이야기하고 있었다.

문이 활짝 열리며 벽에 부딪혀서 '쿵' 하는 소리가 나자 마당에 모여 있던 모든 인원이 내 쪽을 바라봤고, 하인들은 얼른 고개를 숙여서 인사를 했다.

"전하, 기침하셨습니까? 공연히 소란을 피워 죄송합니다."

하야카와는 나를 발견하자마자 빠르게 고개를 숙여 인사를 하고는 말했다.

"아니, 이게 누구시오? 하늘을 나는 새도 떨어뜨린다는 종로서 고등계 김태식 경부가 아니오? 이 시간에 여기는 어쩐 일이오?"

"이우 공 전하, 오랜만에 뵙습니다."

나를 찾으려고 그렇게 소란을 피웠던 김태식이 나를 보자 별말 없이 인사를 했다.

"경부는 공무가 한가해 보이오. 한가하면 내 총독께 가 일을 좀 주라고 청해야겠소."

"그럴 리가요. 지금도 바쁘게 공무를 보는 중입니다, 전하."

김태식은 나의 말에 웃으면서 대답했다. 기뻐서 웃는다기
보다는 비웃음이라는 느낌이 강하게 들었다.

"아니, 천하의 김태식 경부께서 이 보잘것없는 운현궁에
무슨 공무가 있다는 것이오? 운현궁에 어디 독립군이라도
숨어 있어 찾으러 온 것이오?"

김태식이 짓는 웃음이 너무 기분이 나빠서 조금 강하게 이
야기했더니 김태식이 짓고 있던 웃음을 지우고는 말했다.

"독립군이라뇨. 그들은 테러리스트일 뿐입니다. 천황 폐
하의 은혜로 살아가시는 황족께서 그런 불경스러운 불령선
인들을 입에 담으시다니요!"

김태식은 전형적인 일제에 충성을 다하는 사람답게 일왕
을 말할 때에 부동자세에 경례를 취하며 말했다.

"어허, 경부! 그 무슨 전하께 실례되는 말이오!"

김태식이 목소리가 커지며 나에게 가르치듯 말하자 하야
카와가 화를 내면서 그를 나무랐다. 그런 하야카와를 내가
손으로 제지하고는 말했다.

"그럼 무슨 공무라는 말이오?"

"앞으로 헌병대가 하던 운현궁의 경비는 이제 저희 종로서
고등계가 할 것입니다. 그리고 조선 반도에서 전하의 신변에
관한 것도 이왕직李王職으로부터 이번에 신설된 저희 종로서
고등계 운현궁 경비과로 이관되었습니다. 운현궁 경비과 과
장으로서 인사드리고 또 전하가 아프시다는 이야기도 있고

운현궁의
주인

해서 겸사겸사 직접 온 것입니다."

"어찌 그런 사안들이 나와 상의 없이 진행된 것인가? 어찌하여 나의 경호에 대한 부분이, 왜?"

"글쎄요, 전하, 제가 어찌 알겠습니까? 저희도 총독부에서 내려온 지시를 따를 뿐입니다. 이제부터 헌병대가 철수하고, 여기 이 친구들이 운현궁 출입문을 경호할 것입니다. 외곽은 이미 교대가 끝난 상태입니다. 경호 교대도 끝이 났고 건강하신 모습도 뵈었으니 전 이만 물러가도록 하겠습니다."

"김태식 경부, 그대가 조선에서 나의 경호를 담당한다면 앞으로 자주 보겠구려. 앞으로 잘 부탁하오. 부디 날 잘 지키시오. 혹시 아오, 내가 불령선인들과 어울려 천황 폐하에게 누가 될지? 그러니 부디 잘 지키시오, 하하!"

기억 속에서 이미 알고 있던 부분이라 더는 왈가왈부할 거 없이 알겠다고 하려다가 그냥 그대로 보내기는 싫어서 말을 덧붙였다. 그러자 그가 움찔하더니 나와 같은 웃음을 띠고는 대답했다.

"전하, 어찌 그리 불경한 말씀을 하십니까? 앞으로 전하의 주변에는 불령선인이 절대 얼씬할 수 없도록 잘 지키겠습니다. 그럼 이만 가 보겠습니다."

그리고 고개 숙여 인사하고는 뒤돌아서서 가려다 다시 뒤돌아 나를 보고 말을 이었다.

"참! 그리고 전하, 천황 폐하의 하해와 같은 은혜로 사는 대일본 제국의 신민으로서 천황 폐하의 뜻인 내선일체를 위해 황국의 이름을 하사받았습니다. 제 이름은 가나자와 다이쿠라金澤泰藏이니 앞으로 가나자와라는 이름을 제대로 불러주셨으면 좋겠습니다, 전하."

그는 그렇게 말을 하고는 고개 숙여 인사하고 뒤돌아 나갔다.

"전하, 괜찮으십니까?"

하야카와는 나를 걱정하는 듯 마루 아래 단까지 올라와서 나에게 말했다.

난 별다른 충격이 있거나 하지 않아서 웃으며 그에게 이야기했다.

"뭐…… 헌병대의 감시나 종로서의 감시나, 어차피 똑같은 볼모의 입장. 하야카와 상도 나를 감시하기 위해서 궁내부에서 파견된 것이 아닌가?"

"……저, 전하, 어찌 그런 송구한 말씀을 하십니까……."

그는 나의 말에 당황한 듯 말을 잇지 못해서 내가 대화 주제를 넘겼다.

"배가 고프니 조반朝飯을 줬으면 좋겠군. 아, 시간이 이러니 조반이 아닌가? 아무튼 배가 고프니 준비해 주게."

"네, 네, 알겠습니다, 전하. 금방 준비해 올리겠습니다."

그는 나의 아침밥 이야기가 반가웠는지 급히 고개를 숙이고는 뒤돌아서 갔고, 마당에 모여 있던 하인들도 자기 일로 돌아갔다.

그리고 김태식과 같이 온 경찰들은 벌써 집 안의 헌병들과 임무를 교대했다. 그들은 운현궁과 바깥을 이어 주는 두 개의 문에서 인원을 나눠 경호를 빙자한 감시를 시작했다.

✻✻✻

방 안으로 들어가니 중학생 정도로 보이는 어린아이가 팔에 하얀색 천을 걸치고 양손에는 물이 담겨 있는 세숫대야를 들고 있었다. 아마도 나의 세숫물인 것 같았다.

어떻게 해야 할지 잠시 생각하는 척하며 이우 공의 기억을 찾았다. 그러자 아침에 일어나면 침대에 앉아서 하인이 놓아 주는 세숫대야로 세수하고, 의관衣冠을 정제整齊하는 기억이 떠올랐다. 그 기억에 의존해서 아이가 이상하게 생각하지 않도록 자연스럽게 행동했다.

그런데 이게 그 아이는 어색하지 않을지 모르겠으나 나에게는 아주 어색했다. 이런 경우는 생전 처음이었다. 세수하는데 옆에 아이가 무릎 꿇고 앉아서 내가 얼굴에 물을 묻히니 비누를 넘겨주었고, 세수가 끝이 나자 바로 준비되어 있던 천을 나에게 주는 게 너무나도 어색한 느낌이었다.

겉으로는 표현하지 않고 세수를 마치자 아이는 내가 세수한 물과 천, 비누를 가지고 밖으로 나갔다. 그렇게 그 아이가 나가자 다른 하인이 갈아입을 옷으로 보이는 한복을 한 벌 가지고 들어왔다.

한복은 풀을 진하게 먹여서 다렸는지 피부에 닿는 느낌과 목에 옷깃이 스치는 곳이 기분 좋게 빳빳해서 마치 새 옷 같은 느낌을 주었다.

옷을 갈아입으니 이번에는 집사인 하야카와가 들어왔다.

"전하, 조반 준비가 되었습니다. 올릴까요?"

"그러게."

나의 허락이 떨어지자마자 그는 문을 열면서 앞에 대기하고 있던 하인에게 말을 했다. 곧 두 명의 하인이 각각 음식을 가지고 들어왔는데, 그사이 하야카와가 밥을 먹을 수 있는 상을 놓았고 가지고 들어온 음식들이 하나씩 놓였다.

조선 시대에 임금들이 받았다는 수라상水刺床이 이렇지 않았겠냐는 느낌이 드는 밥상이었다. 이 많은 음식을 나 혼자 어떻게 다 먹는지 의문이 드는 식탁이었다.

아침을 먹는데 하야카와가 방에 남아 내가 먹는 것을 지켜보고 있었다.

나는 그가 식사했는지 궁금했으나 물어보면 안 될 것 같아서 묻지 않았다. 그러나 다른 하나의 궁금증은 집사에게 말을 할 수 있었다. 이것은 이우 공의 기억 속에도 평소와는 다른 것이기 때문이었다. 처음에는 어색했는데 점점 이우 공의 기억을 찾아내어서 행동을 하는 게 익숙해지고 있었다.

"찬……주는 먼저 먹었는가?"

박찬주를 어떻게 불러야 할지 잠시 고민하다가 평소에 이름으로 불렀던 기억이 많이 있어서 그냥 그리 물었다.

"네, 마마께서는 낙선재樂善齋에서 대비마마께 연락이 와서 아침 일찍 식사하시고, 도련님과 함께 가셨습니다."

"대비마마……?"

"네?"

"아, 아닐세."

내가 대비마마에 대한 생각을 하려다가 혼잣말을 하였는지 하야카와가 반응하였으나 대충 대답하고는 기억 속을 뒤졌다. 여러 기억을 찾아보니 대비마마는 융희제의 부인이신 해평海平 윤씨尹氏였다.

창덕궁昌德宮 낙선재, 융희제의 부인이었던 대비마마가 현재 기거하는 곳이다.

이우 공의 기억 속 대비마마는 친아버지인 의친왕 이강과 함께 다른 황족들과는 달랐다. 일제에 순응하지 않았으며 강력히 독립을 주장했고, 또 이우 공의 독립운동을 지원한 황족이었다.

대비마마는 이우 공뿐만 아니라 자신의 오빠인 윤홍섭을 통해서 상하이 임시정부에 10만 원(현재 가치로 따지면 7억 원 정도)을 지원하기도 했다.

이우 공에게도 많은 돈과 인력을 지원했는데, 독립을 위한 준비에 친아버지 의친왕과 함께 정신적, 물질적 도움을 준 분으로 기억되어 있었다.

그러다 유용준 교수님과 함께 낙선재를 답사할 때 해평 윤씨인 순정효황후의 일화에 대해서 들었던 게 생각났다.

광복 후 한국전쟁 초기 3일 만에 서울이 인민군에게 점령을 당했다. 곧 그들은 창덕궁으로 난입해 군홧발로 낙선재에 들이닥쳐서는 '윤비가 누구야!'라며 난동을 부렸다. 이에 순정효황후를 모시던 상궁들은 황후 곁에서 벌벌 떨었으나 오히려 순정효황후는 인민군들을 향해 호통을 쳤다.

─이곳은 나라의 어머니가 사는 곳이다! 썩 물러가거라!

그에 주눅이 든 인민군들이 순순히 물러났다고 했다.

그 말을 교수님에게 들었을 때는 황족이 그때까지 왕궁에 살았다는 것도 신기했었고, 조선의 왕족 중에 그렇게 기개氣槪가 강한 사람이 있다는 것에 놀랐었다. 그리고 그 사람에 대해서도 흥미가 생겼었다.

아침을 다 먹고 나자 순정효황후에 대한 호기심과 본인을 직접 만나 볼 수 있다는 기대에 '나도 낙선재로 가 볼까?' 하고 생각했으나 이내 그만두었다. 아직 이우 공의 기억을 자연스럽게 떠올릴 수 있을 정도로 익숙해지지 않았고, 다른 생각들도 정리가 필요해서 그냥 방에서 머릿속을 정리하기로 했다.

원래 이지훈으로서의 나의 기억 능력은 이 정도까지 좋지 않았던 거 같은데, 이우 공이 머리가 좋았던 건지 대부분의 기억이 뚜렷하게 떠올랐다.

그리고 이 세계로 오기 전 들었던 수업들도 그때 공부할 때에는 뚜렷하게 안 떠오르더니 지금에는 아주 뚜렷하게 기억이 났다.

그때의 기억은 이 뇌와는 다른 뇌의 기억일 텐데 뚜렷하게 떠오르는 게 이상하기는 했다. 분명 내가 이우 공에게 들어왔다면 이 뇌에는 이우 공의 기억만 있고 내 기억은 없어야 하는데, 이지훈으로서의 기억도 생생했다.

기억이 영혼에 남는 것인지는 알 수 없다. 내가 확인할 방법은 전혀 없었고 누군가에게 물어볼 수도 없었기 때문에, 그냥 넘어가기로 했다.

이런저런 기억들을 정리하고, 앞으로 이우 공으로서 어떻게 살아가야 할지 결심하고 나자 미래의 나에 대한 걱정도 들었다.

내가 이곳으로 오고 나서 미래의 나는 어떻게 됐는지는 모르겠다. 내가 없어졌다고 부모님이 슬퍼하시지 않는지 걱정이 되었다. 그래도 형이 나의 몫까지 잘 챙겨 줄 거라고 믿었다. 또 친구들의 얼굴이 보고 싶다는 생각도 들었다.

그러다 이지훈으로 있을 때에 들었던 수업에 대한 생각들이 문득문득 들었다.

'SKY'나 카이스트 같은 일류 대학교는 아니고, 그냥 '인 서울'의 평범한 대학교에 다녔다. 과는 내가 원래 어릴 때부터 미술을 좋아해서 미술을 택하고 싶었으나, 나의 좋아하는 마음을 재능이 따라가지 못했다. 그래도 미술에 관련된 것을 배우고 싶어서 미학과를 갔다.

물론 부모님은 취직이 안 된다고 못마땅해하셔서, 인문대 중에서 그나마 취직이 꽤 되는 과를 복수 전공을 한다고 부모님을 설득하고서야 미학과를 갈 수 있었다. 이렇게 과거로 올 줄 알았으면 역사학과를 전공했어야 했다는 생각도 잠시 들었다.

대학에서 복수 전공을 한 것은 경제학과였다. 경영학과보다는 경제 원리를 공부하고 하는 게 더 재미있을 거 같아서 신청한 곳이었다.

취직하기에는 경영학과보다는 못하다고 했지만, 미학과보다는 나았다. 부모님은 정확한 사정은 잘 모르시고 학과 이름에 '경제'가 붙어서 취직이 잘될 거라 생각을 하셨는지 경제학과를 복수 전공 하는 걸 아주 만족해하셨다.

나 역시도 나의 의지로 선택한 과였고, 복수 전공이기는
했으나 어느 하나 소홀히 할 수는 없어서 양쪽 과목을 다 열
심히 공부했었다.

경제학과도 나름대로 재미가 있었는데, 국부론의 애덤 스
미스나 거시경제학의 존 케인즈, 자본론의 칼 마르크스, 통
화주의로 대변되는 시카고학파의 아버지 M. 프리드먼까지
걸출한 인물들을 공부하며 나름대로 경제에 재미를 느꼈다.
이들은 이 세상이 왜 이렇게 돌아가는지에 대한 이해를 높여
주는 역할을 했다.

과거로 오자 그때의 기억들이 아주 유용하게 쓰일 것 같은
느낌이 들었다.

생각을 정리하느라 너무 장시간 앉아 있었는지 허리와 어
깨가 찌뿌둥한 느낌이 들어서 자리에서 일어났다. 그러고는
이우 공의 기억을 이용해서 운현궁 내에 있는 후원後園으로
향했다.

내가 방에서 나오자 방 앞에 아침에 나의 세숫물을 가지고
왔던 아이가 앉아 있었다. 내가 신발을 신고 마당으로 나가
자 그 아이가 나를 따라왔다.

아이에 대한 기억도 찾았는데, 아이의 이름은 '시월'으로
10월에 태어났다고 해서 그렇게 부르는 것이다.

이우 공의 부인인 박찬주가 브나로드운동Vnarod運動을 하며
농촌을 다니다가 고아로 밥을 제대로 먹지 못해서 굶어 죽어

가던 이 아이를 발견했다. 이를 가엾게 여긴 그녀가 운현궁의 궁인으로 입궁시켰는데, 영민해서 이우 공이 가까이 두고 쓰고 있었다.

내가 후원으로 들어가자 아이는 후원 입구까지만 오더니 그곳에 서서 후원 안으로는 들어오지 않았다.

후원은 아기자기하게 꾸며져 있었는데, 겨울이어서 꽃은 없었으나 분재를 한 듯 작은 소나무들의 푸른 잎들 위로 눈이 덮여 있었다. 또 땅과 연못은 원래의 색은 보이지 않고 하얀 눈이 소복이 쌓여서 고즈넉한 분위기를 연출하고 있었다.

중앙에 있는 정자亭子로 가서 깨끗하게 치워져 있는 의자에 앉았다.

부인인 박찬주가 시집오고 나서 새로이 꾸민 곳이었다.

양어머니이신 이준 공의 비가 운현궁에 같이 계실 때는 양어머니가 관리했지만, 이우 공이 성인이 되어 거처를 사동궁으로 옮기시고 나서는 하인들이 관리했다.

그렇게 이우 공이 후원에 대해서 신경을 쓰지 않아 방치되었던 것을 박찬주가 다시 관리해서 꾸민 것이다.

박찬주의 손길이 닿아 이제는 봄이 되면 하얀 오얏꽃이 흐드러지게 피고, 또 초여름이 되면 빨간색 오얏(자두)이 열려서 붉고 푸른 색을 만들었다. 또 가을이 되면 여러 가지 색의 꽃들이 피는 아름다운 후원이었다.

오얏꽃은 조선 왕실의 꽃이다. 원래는 다른 꽃들이 심겨 있었는데, 박찬주가 왕실의 상징을 궁내에 들여놓아야 한다면서 심었다. 그래서 지금의 운현궁 후원은 오얏나무가 80퍼센트를 차지하고 있었다.

"도련님, 조심하세요! 뛰면 안 돼요!"

"유모, 얼른 와!"

눈 덮인 하얀 세상을 보며 머리를 식히고 있을 때 입구에서 여자의 목소리와 어린아이의 목소리가 들려왔다. 그래서 무슨 일인가 하고 그쪽을 보고 있자, 잠시 뒤에 한 아이가 뛰어왔고 이어 10대 후반의 여인 한 명이 아이를 따라서 후원으로 들어왔다.

"아부지!"

그 아이는 후원으로 들어오자마자 날 발견하고, 나를 향해서 직선으로 뛰어오더니 안겼다.

보통의 경우라면 뛰어온 아이를 들어서 안아 주거나 아니면 내가 몸을 낮추어 같이 안아 주었을 텐데, 내가 당황한 사이 아이는 뛰어와서 나의 다리에 자신의 몸을 붙이고 양손으로 나의 다리를 감싸 안았다. 꼭 나무에 매미가 붙은 느낌이었다.

어찌 당황하지 않겠는가. 지금의 몸은 분명 스물아홉 살의 유부남이자 나의 다리에 붙어 있는 아이의 아버지다. 하나, 그 안쪽의 나는 20대 후반도 아니고, 유부남도 아니며, 더욱이 아이의 아빠라는 것은 상상도 해 본 적 없는 스물세 살의 대학생일 뿐이다.

아직 연애도 스무 살 대학교 때 CC로 한 학기 정도 만났던 친구 말고는 경험이 없는, 여자를 잘 모르는 축에 든다. 그런 내게 갑자기 다섯 살짜리의 아이 한 명이 생겼다.

손만 잡았는데 아이가 생겼어요, 같은 느낌이었다.

생각을 정리하면서 아이가 있다는 것도 알았고 앞으로 이우 공으로 살아가면서 아이와 함께 지내야 한다는 것도 알게 되었지만, 막상 눈앞에 나타나니 자연스럽게 반응할 수가 없었다. 머리로는 이해했는데 아직 가슴이 받아들이지 못한 느낌이었다.

"도련님, 그렇게 뛰어가시면 위험해요."

유모로 보이는 여자는 감히 정자 위로는 올라오지 못하고, 정자 바로 밑에서 아이에게 말했다.

아이는 나의 다리에 얼굴을 묻은 채로 가만히 있었다. 난 너무 당황한 모습을 보이면 안 될 것 같아서 아이를 내 다리에서 떨어뜨려서 안아 올렸다.

"안녕."

"아부지, 오늘 어머니랑 큰할마마마 만나고 왔어요! 할마마마가 돈도 줬어요, 헤헤!"

안녕이라는 내가 생각해도 이상한 인사를 했는데, 아이는 그런 건 전혀 신경을 쓰지 않는다는 듯 주머니에서 돈을 꺼내어 흔들며 나에게 말했다.

이 아이는 이제 다섯 살로, 이우 공의 아들인 이청李淸이었다.

아이가 내 손에 들려서 돈 자랑을 하고 있을 때 아이의 뒤쪽에서 여자의 목소리가 들렸다.

"날이 아직 차가운데 나와 있어도 괜찮아요, 오라버니?"

아이를 살짝 내리고 보니 계단을 올라오는 박찬주가 눈에 들어왔다. 어제는 아직 머리가 아파서 정신이 없었고 또 다른 어머니들도 같이 있어서 그녀의 외모에 대해서 제대로 보지 못했는데, 지금 그녀를 제대로 보니 매우 예뻤다.

어깨를 약간 넘는 웨이브가 들어간 여신 머리에 적당히 넓은 이마.

티 없이 맑은 흰색과 대비되는 검은 눈동자를 가진 큰 눈.

미인 점이라 불리는, 코끝 위에 찍혀 있는 작은 점이 돋보이는 코.

붉은 입술 그리고 그 입술과 대비되는 뽀얀 피부까지, 현대에서 TV에서만 나오던 연예인을 실제로 만나면 이런 느낌일까라는 생각이 들 정도로 예쁜 얼굴이었다.

거기다 하얗게 내린 눈이 반사판 역할을 하였는지, 그녀에게서 후광까지 느껴졌다.

그녀가 아주 예뻐서 잠시 멍하게 쳐다보는 사이 그녀는 나의 손에 들려 있던 아이를 자신의 품으로 데려가면서 정자 안에 있는 의자에 앉았다.

"우리 청이는 아버지한테 그걸 자랑하는 거야? 그래서 뛰어갔어?"

"응! 그러니까 어머니, 나 이걸로……."

이청은 박찬주의 품에 안겨서 돈에 대한 이야기를 했고, 박찬주는 아이와 이야기를 하다 나를 봤다. 자신이 자리에 앉았는데도 내가 멍하니 서서 그녀와 이청을 바라보자 무슨 일이냐는 표정으로 나를 본 것이다.

나는 그녀의 시선에 놀라서 아무것도 아니라는 뜻으로 고개를 흔들고는 그녀가 앉은 의자 맞은편 의자에 앉았다.

"왜 그렇게 봤어요?"

"아냐, 아무것도 아니야."

"아직 아픈 거 아니에요? 찬 바람 쐬어도 괜찮아요?"

"아, 아니, 어제는 잠시 무리해서 그런 거였어. 지금은 괜찮아."

그녀를 넋 놓고 보다 질문에 더듬거리면서 대답했다.

사실 그녀를 넋 놓고 봤던 이유는 그녀가 아주 예쁜 얼굴인 이유도 있었지만 다른 이유도 있었다. 그녀가 자리에 앉으니까 외모가 내가 잘 알고 있는 사람의 외모와 겹쳐서 놀란 것이다.

물론 미래에서 친분이 있던 사람은 아니었고. TV에서 자주 봤던 연예인의 외모와 흡사했다. 중학생 때 PC방에서 스타 배틀넷을 하면 자주 보이던 '연X훈 씨X놈'라는 유명한 방제를 만든 원인이 된 한가인 씨를 정말 많이 닮아 있었다.

"대비마마께서 오라버니 건강에 관해서 물으셔서 괜찮다고 했는데……. 타카오 씨가 어제저녁에 산책도 하시는 걸 봤다고 해서 괜찮으신 줄 알았는데, 지금 보니 아직 다 낫지 않은 것 같네요."

예쁜 얼굴의 그녀가 미간을 찌푸리면서 말했다.

"아냐, 금방은 잠깐 딴생각을 하느라 그런 거야. 걱정하지 마."

"아부지, 아파?"

아이는 어머니의 말에 놀란 듯 나를 바라보면서 말했다. 아버지를 걱정하는 아이의 표정이 너무 귀엽고 고마웠다. 처음에는 내 아들이라고 생각해도 약간 거리감이 있었는데, 그 귀여운 표정을 보니 그런 마음이 한순간에 없어졌다.

"아냐, 괜찮아."

아이를 보면서 웃으면서 이야기를 해 주고 그 뒤에 박찬주를 보며 말했다.

"지금은 정말 괜찮으니까 걱정하지 마. 그건 그렇고, 오늘 낙선재는 무슨 일로 갔어?"

"아…… 아침에 신문에 오라버니의 기사가 실려서 놀라셨는지 연락이 오셨어요. 진정시켜 드리려고 갔었어요."

"기사?"

"네, 아침에 경성에서 발행되는 모든 신문에 오라버니가 아프셔서 쓰러지셨다는 기사가 났어요. 오라버니께서 쓰러지셨는데 기사야 당연히 나죠."

그녀는 내가 다시 물어보자 기사가 안 날 줄 알았느냐는 반응으로 되물어 왔다.

아마도 현재 조선 안에서는 가장 인기가 있고 또 좋아하는 사람이다 보니, 사소한 것도 기사로 나가는 것 같았다.

이우 공의 기억 속에도 도쿄에 있다가 방학이 돼서 경성으로 돌아오거나 하면 도착했다는 기사가 나갈 정도로 이우 공의 행적에 대한 기사들이 자주 나갔었다.

"그렇군……. 아침에 신문을 못 봐서 신경을 못 썼네. 진정은 잘 시켜 드렸어? 별일 아니라고, 괜찮다고 말씀드리지."

"네, 대비마마께서 걱정하긴 하셨는데, 잘 말씀은 드렸어요. 그래도 오라버니께서 한번 들러 주셨으면 하시는 것 같은 느낌을 받기는 했어요."

"그래?"

"네. 내일이라도 낙선재에 가시는 건 어떨까요?"

기억도 어느 정도 정리를 했고 순정효황후에 대한 궁금증도 있고, 또 독립군 때문에라도 한번 만나기는 해야 하는 분이었다.

보통은 이우 공이 일본으로 가기 전날에 왕실의 어른들을 찾아뵙고 인사를 했기에 이번에도 그렇게 하려고 했는데, 박찬주의 말을 듣고 나서 생각하니 내일 딱히 일정도 없었다. 가서 만나 뵙는 것도 나쁘지 않다는 생각이 들었다.

"좋은 생각인 거 같네."

내가 긍정적인 답변을 하자 그녀는 웃으면서 대답하고는 자신의 하인을 불러서 순정효황후에게 기별을 넣도록 지시를 했다.

벌써 바깥에 20분 정도 앉아 있었다. 나나 박찬주는 괜찮았으나 아이인 이청은 코끝이 빨개져서 여기에 더 있으면 안 되겠다는 생각이 들어 안채인 이로당으로 자리를 옮겼다.

원래 조선 시대에 흥선대원군이 생활할 때에 이로당은 남자가 들어갈 수 없는 아녀자를 위한 안채였는데, 지금은 노락당과 함께 나와 박찬주 그리고 이청이 주로 생활하는 생활 공간의 역할을 했다.

보통 이로당에서는 박찬주와 아이가, 노락당에서는 이우공이 주로 생활을 했지만 딱히 정해진 것은 아니었다. 이로당이 부부 침실이라면 노락당은 서재 같은 느낌으로 사용하기도 했다. 물론 노락당에서 잠을 청하는 경우도 많아서 현대의 서재와는 조금 개념이 다르기는 했다.

이로당은 옛날 아녀자들을 바깥으로 드러나게 할 수 없어서 口 형태로 지어진 건물로, 가운데 만들어 놓은 정원인 중정中庭이 있는 기와집이었다.

그곳 방 안에서 창호 문을 열어 놓고 하얗게 눈이 쌓인 정원을 보며 휴식을 취했다.

청이는 다섯 살의 엄청난 에너지를 발산하겠다는 듯 방 안 여기저기를 뛰어다니면서 놀았고, 박찬주는 그런 청이를 보살피며 시간을 보냈다.

3장

　난 저녁까지 이로당에서 박찬주, 이청과 함께 먹고서 노락
당으로 넘어왔다.

　박찬주와 법적으로 부부이기는 하나 아직 그녀와 같은 침
구를 쓰면서 잠을 자고 일어날 자신이 없어서 책을 읽어야
한다는 핑계를 대고는 노락당으로 넘어왔다.

　'부부인데 자도 괜찮지 않을까?'라는 생각도 들었지만, 포
기했다. 지금의 난 대한민국을 살아가는 이지훈이 아니고 일
제강점기의 이우 공이기 때문에 행동이 조금 어색하다고 해
도 큰 문제가 되지는 않겠지만 왠지 마음에 걸렸다.

　노락당으로 돌아가자 시월이가 들어와서 목간沐間에 목욕
물을 받아 놓았다고 알려 왔다.

시월이를 따라서 가자 작은 방처럼 생긴 곳이 나왔는데, 바닥에는 시멘트가 발려 있고 한쪽 구석으로 물이 빠질 수 있도록 설비가 되어 있었다.

방 가운데에는 목간통이라고 불리는 나무 욕조가 있었다.

열린 문으로 목간에 들어가니 목간 안에서는 편백나무 향이 진하게 났다. 현대 있을 때 유행했던 '히노키 욕조'를 쓰면 이런 향을 느낄 수 있었는데, 아마 여기 있는 원형의 나무 욕조가 편백나무인 것 같았다.

과거 영화에서 왕들이 목욕할 때 여자 하인들이 시중을 드는 것이 기억나서 혹시나 이 아이가 나의 시중을 들면 어떻게 하나 하고 걱정을 했는데, 쓸데없는 생각이었다.

조선은 과거 유교 사상이 강한 나라여서 남녀가 유별有別했고, 또 일제강점기를 서치면서 과거와는 다른 목욕 문화가 정착되어 혼자서 목욕을 하는 것이 일반적이었다.

비누도 일본을 통해서 전해진 것인지 현대에 사용하는 비누와 비슷했는데, 향이 없어서 빨랫비누 같은 느낌도 들었으나 빨랫비누만큼 거칠지는 않았다.

목욕하며 칫솔질도 같이 했는데, 이곳에 와서 처음으로 양치하는 것이었다.

옛날 칫솔질을 생각하면 아버지가 목욕탕을 가면 소금으로 하던 손 양치질이 떠올랐는데, 다행히 치약이 있었다.

지금의 치약의 형태인 튜브형과 다르게 찍어서 쓰는 방식으로, 가루로 되어 있는 치약을 칫솔에 찍어서 사용하는 것이었다. 가루여서 거품을 내는 데에 시간이 조금 걸리기는 했으나 다행히 큰 거부감은 들지 않았다.

가장 당황스러웠던 것은 수건이었다.

미래의 수건 흡수력과는 비교도 할 수 없을 정도로 좋지 않았다. 빳빳한 천을 두껍게 짠 형태였는데, 수건 자체도 빳빳하고 물 흡수력도 좋지 않아서 갑자기 미래가 그리워졌다.

※

나와 박찬주 그리고 아들인 이청까지 아침을 먹자마자 대비마마가 계시는 낙선재로 향했다.

우리가 상궁의 안내를 받아서 대비마마가 있는 방 앞에 서자 상궁이 방 안으로 우리가 도착했음을 고告했다.

"마마, 운현궁 이우 공 내외와 자子 이청이 문후問候 들었사옵니다."

"들라 하게."

안쪽에서 대비마마의 허락이 떨어지자 첫 번째 문이 열리고 두 번째 문이 열리기까지 짧은 시간에 난 머리를 흔들어서 정신을 차리려고 노력했다.

운현궁에서 출발해 이곳 창덕궁에 오기까지 거리는 얼마되지 않았으나 걸어올 만한 정도는 아니었다. 그래서 운현궁의 차를 타고 왔는데, 차량은 GM사의 캐딜락 리무진이었는다.

　과거 고종 황제가 이 차를 미국으로부터 사 와서 어차로 이용했는데, 황실의 사람들은 전부 같은 시리즈의 차량을 이용했다. 엄청난 고급 차로, 지금 이 세계에서는 함부로 탈 수도 없는 차이지만 한 가지 문제가 있었다.

　미래에서도 나는 승차감이 안 좋은 시내버스 같은 것을 타면 멀미를 자주 하곤 해서 주로 지하철을 타고 다녔는데, 이것도 승차감이 안 좋았다.

　캐딜락 리무진…… 이름은 화려하나 내가 생각하던 그 리무진이 아니었다.

　자동차는 미래의 군용차 레토나를 떠올리게 하는 외형에 바퀴는 자전거 바퀴보다는 약간 두껍고 현대의 오토바이 바퀴에 비하면 조금 얇은 수준이었다. 더 충격적인 것은 바퀴살이 자전거처럼 쇠꼬챙이로 되어 있다는 점이었다.

　승차감 역시 시내버스보다 더 안 좋았는데, 서스펜션이 아예 없는 것인지 바닥의 울퉁불퉁한 지형을 차체에 그대로 전해 줬다.

　또 코너를 돌 때면 마치 파도가 치는 것처럼 롤링과 한쪽으로의 쏠리는 현상이 생겨서 운현궁에서 덕수궁 낙선재까지 오는 그 짧은 시간에 엄청난 멀미를 경험했다.

　아직도 머리가 띵해서 죽을 거 같았지만, 참았다.

안쪽의 문도 열리자 테이블과 의자가 보였는데, 순정효황후는 꼿꼿한 자세로 상석上席에 앉아 있었다.

지금의 순정효황후는 마흔일곱 살의 중년 여성이었는데, 현대로 생각하면 40대 후반이라는 느낌보다는 50대 후반 정도로 되어 보이는 외형을 가지고 있었다.

나와 박찬주는 순정효황후가 눈에 들어오자 자세를 바르게 하면서 인사를 하려고 하였으나, 아들인 이청의 행동으로 우리의 행동이 중단되었다.

"할마마마~!"

이청은 문이 열리자마자 잡고 있던 박찬주의 손을 놓고는 대비마마를 향해서 뛰어가 버렸다.

"어이쿠, 우리 손주님이 이 할미가 보고 싶었나 보구나?"

"청아! 너 이게 무스……."

"괜찮아요. 어차피 망국의 황족일 뿐 아이들에게까지 예법을 강요할 필요가 없어요."

분명 왕실의 법도에는 어긋나는 것이어서 박찬주가 아들에게 뭐라고 하려고 하는데, 그것을 대비마마가 제지했다. 마냥 이렇게 서 있을 수는 없어서 눈짓으로 박찬주에게 신호를 주고 내가 인사를 여쭈었다.

"대비마마, 소손 문후드리옵니다. 그간 별고別故 없이 강녕康寧하셨습니까?"

이 예법을 어젯밤에 이우 공의 기억 속에서 찾아내고 밤에 혼자 몇 번을 연습해서인지 자연스럽게 인사를 했다.

"다 늙은 저야 별일이 있겠습니까? 공은 아프다는 말을 들었는데, 이리 보니 좋군요. 이리 가까이 와서 앉아요."

대비마마의 말에 나는 박찬주와 대비마마 가까이 가서 비어 있는 의자에 앉고 말을 이었다.

"걱정을 끼쳐 죄송합니다. 소손 이제는 아무렇지 않습니다."

"그래도 조심해야 돼요. 동경을 가면 병원에서 정밀 검사를 해 보아요. 이럴 때 태의원太醫院의 태의太醫라도 있으면 좋겠지만……."

이미 나라가 망하고 30년 가까이 흘러서 대한제국 황실의 일을 보던 궁내부宮內府는 사라진 지 오래다. 그 예하에 있던 모든 관청도 사라지고, 조선 왕실을 위해서 일하는 부서는 이제 총독부의 이왕직이 유일했다.

"네, 대비마마의 말씀대로 동경을 가면 정밀 검사를 할 테니, 심려치 마십시오."

"내 걱정이 돼서 그래요. 큰일을 하셔야 하는 분이 갑자기 이리 아프시니……. 안 그래도 일본에 있는 덕혜(덕혜옹주) 아가씨가 신미년(1931년)에 앓았던 조현병調絃病(정신분열병)이 다시 심해지고 있다고 들어서 걱정이 되는데, 공까지 그러니 내 어찌 걱정하지 않겠어요."

대비마마는 청이의 머리를 쓰다듬으면서 쓸쓸한 웃음을

지으며 말했다.

"대비마마, 너무 심려치 마시옵소서. 어제 다녀간 의사가 큰 증상은 보이지 않고 단지 최근 너무 심력心力을 소모하여서 그렇다고 하였으니 괜찮을 것입니다."

나의 옆에 앉아 있던 박찬주가 대비마마에게 말했다.

"저는 괜찮사옵니다. 그리고 덕혜 고모님은 제가 동경으로 돌아가면 바로 찾아뵙겠습니다. 너무 심려치 마십시오."

"그래요……. 내 이 궁에 유폐幽閉되어서 마음대로 움직이지를 못하니……."

이 말에는 나도 박찬주도 어떠한 말을 할 수가 없었다.

순정효황후는 1910년 경술국치庚戌國恥 때에 병풍 뒤에서 어전회의를 엿듣고 있다가 친일 성향의 대신들이 융희제에게 한일병합조약의 날인을 강요하자 국새國璽를 자신의 치마 속에 감추고 내주지 않았을 정도로 강단이 있었다. 그리고 일본에 대한 반감을 품고 있는 사람이다.

그래서 융희제가 승하한 후 대놓고 말을 하지는 않았으나 이 창덕궁을 벗어날 수 없게 만들어서, 창덕궁 안에 유폐된 거나 다름없는 상황이었다.

우리의 침묵을 깬 것은 아들 이청이었다. 큰할머니가 되는 대비마마에게 애교도 부리고 장난을 쳐서 어른 세 명의 주의가 전부 청이에게 돌아갔다.

그 후 이런저런 주변 이야기와 나의 일본 생활 이야기를 이어 했다.

"아직도 양관은 사용을 하시지 않는 건가요?"

대비마마는 집에 대해 이야기했다. 기억을 정리하다 발견한 것 중에 양관에 관한 일도 있었다.

현재 사용 중인 운현궁 안에 석조 건물로 서양식으로 새로 지어진 양관이 있었는데, 이 양관은 이우 공의 선대인 이준용 공이 살아 있을 때 지어진 것이다.

이준 공 저邸라고 불리다가 이우 공이 운현궁을 계승하고 나서 이우 공 저로 바뀌었다.

그러나 이우 공은 양관에서 생활하는 것은 동경에 있는 운현궁 별저만 해도 충분하다며, 조선에 들어와 있을 때에는 한옥에 살고 싶다고 했다. 그래서 운현궁 본관에서 생활하고 있었다.

"오라버니께서는 한옥을 좋아하셔서 경성에 오셔서는 양관으로는 아예 가지도 않으셔요."

박찬주는 잘 이야기했다는 듯 대비마마의 말을 받아서 말했다.

"그래요? 운현궁은 그래도 아직 옛 조선식이라 신식 설비들이 많이 없어서 생활하기가 불편하지 않은가요?"

"저는 불편한데, 오라버니는 신경을 안 쓰세요."

"괜찮습니다. 조선인으로서 조선에 있을 때만이라도 조선인이 지은 집에서 살고 싶을 뿐입니다. 마음대로 할 수 없는 것투성이인데, 이것이라도 제 마음대로 해야죠."

기억에서 찾아낸 원래 이우 공의 생각이었다. 물론 나도 이런 부분이 나쁘지 않다는 느낌을 받았고 이우 공의 생각에 동의했다.

박찬주는 졌다는 듯 고개를 흔들었다.

이미 몇 번에 걸쳐서 나와 이 문제에 관해서 이야기를 하셨던 대비마마는 이미 내 입에서 이 말이 나올 줄 알았다는 듯 별말씀 없이 웃으셨다.

사실 이 대화의 본래의 뜻은 아직 내 마음이 변하지 않았나 하고 물어보는 것이었다.

대화는 아직 집을 지킬 생각이 있느냐는 뉘앙스였는데, 여기서 말하는 집은 대한제국이었다. 즉, 집을 지킬 마음이 있느냐는 것은 독립을 위해서 노력할 마음이 있느냐고 물어보는 것이었다.

또한 신식 설비에 대한 말도 편안한 일본 공족으로서의 삶에 적응을 하였는가 하는 질문이었고, 나의 대답인 조선인이 지은 집이 뜻하는 것은 자주독립이었다.

누군가 들으면 그냥 집에 대한 이야기이지만, 대비마마와 나 사이에서는 암호문과 같은 대화였다. 궁내에도 항상 나와 대비마마의 동태를 살피는 일본의 개가 많이 있어서 이렇게 말을 하는 것이다.

"어머니, 저 나갈래요!"

이런저런 이야기를 하다가 이청이 어른들이 재미없는 말만 하고 방 안에만 있으니 지겨웠는지 말을 하고는 바깥으로 뛰쳐나갔다.

"그럼 저는 청이 보러 나가겠습니다. 두 분은 더 대화를 나누세요."

평소에도 어느 정도 같이 이야기를 하다 대비마마와 나의 비밀 이야기(독립운동 이야기)를 위해서 눈치껏 빠져 주었던 박찬주는 이번에도 이청의 핑계를 대면서 자연스럽게 밖으로 나갔다. 곧 두 개의 문이 닫히고 방 안에는 대비마마와 나만이 남았다.

"정말 몸은 괜찮은 것이에요?"

"네, 정말 괜찮습니다."

"큰일을 해야 하는 분이 이렇게 몸이 약해서야……. 내 이 상궁에게 일러서 보약 한 첩 지어 놓았으니 가져가서 꼭 챙겨 먹도록 하세요."

"네, 알겠습니다."

"그래, 우리 장인將人들은 한옥을 짓기 위한 준비를 잘하고 있는가요?"

장인은 원래의 한자는 '匠人', 기술을 가지고 있는 사람을 뜻한다. 그런데 지금 대비마마가 이야기하는 장인은 장수 '將'을 쓰는 장인을 뜻했다.

그리고 대업(독립)을 한옥에 빗대어서 이야기했다.

융희제 시절 친위대에서 참령(지금의 소령)을 지낸 곽재우郭再祐(임진왜란 당시 의병장이었던 곽재우와 동명이인)를 이우 공이 등용했다. 그로 하여금 흩어져 있는 독립군들을 모아 독립전쟁을 위한 군대를 만들도록 했는데, 이들을 부르는 암호가 장인들이었다.

"지난주에 연락을 받았는데, 생각보다 쉽지 않은 모양입니다. 아무래도 한옥이 만들기가 어렵고, 과거 한옥에 살 때에 너무 쉽게 무너져 민심을 너무 잃었습니다."

한옥이 쉽게 무너졌다는 것은 대한제국이 일본에 너무 쉽게 무너진 것을 뜻했다.

"그래요······. 전에 지었던 한옥이 너무 쉽게 무너졌었죠."

"그리고 상해에 만들었던 판잣집이 지금은 다른 곳으로 옮겨서 수리 중에 있다 합니다. 그 일로도 조금 힘든 부분이 있는 모양이더라고요."

판잣집은 임시정부를 이야기하는 것이다. 상해임시정부는 대한제국은 이미 망국이고 왕실을 인정하지 않는 사람들이 많아서 이우 공이 만들려고 하는 독립군에 냉담한 반응이었다.

"그들은 우리를 인정하지 않으니 힘들겠군요."

"그래도 장인들이 노력하고 있으니 너무 심려치 마십시오."

"내 오라버니를 통해서 그쪽에 한번 말을 더 건네 보도록 할게요."

　순정효황후의 오빠인 윤홍섭은 독립운동가이자 상해임정
의 요인인 신익희와 어느 정도 친분을 가지고 있었다. 그는
상해임정을 설립할 때에도 자금을 지원해서 임정 인물들과
잦은 교류를 하는 사람이었다.

　"아니요, 윤 대인께 이분들을 만날 수 있게 주선 좀 부탁
드립니다."

　난 목소리를 낮추고 아무도 들을 수 없는 작은 목소리로
말하면서 집에서 적어 온 작은 쪽지를 대비마마에게 건넸다.

　그러자 대비마마는 이상하다는 듯 갸웃하면서 나의 쪽지
를 받았다.

　白凡, 夢陽, 雩南, 若山.

　쪽지에는 백범, 몽양, 우남, 약산 이렇게 네 명의 호가 적
혀 있었는데, 이것은 내가 역사 공부를 하면서 알고 있던 독
립운동가 중에서 영향력이 강한 네 명의 명단이었다.

　물론 이 밖에도 대한민국 초기 부통령을 지낸 성재省齋 이
시영李始榮 선생도 있었으나, 이분은 대한제국에서도 관직을
하셨고 독립운동을 하면서도 융희제와 자주 연락을 했다. 게
다가 그 후계를 이은 이우 공과도 비밀리에 연통을 주고받는
사이라 따로 만날 필요까지는 없어서 쪽지에서는 제외했다.

분명 이우 공에게 물려받은 기억 속에는 1945년 8월 13일을 D-day로 정하고 거사를 일으키려고 했던 기억도 있었다. 그러나 그 계획은 이우 공이 죽으며 실패로 돌아갔고, 그 병력도 솔직히 아주 큰 것은 아니었다.

그래서 나는 과거 이우 공이 했던 독립운동과는 다르게 하려는 것이다. 지금 독립운동의 중심인 네 명 중 내가 손을 잡을 수 있는 사람을 추려 그들과 힘을 합쳐서 독립을 꾀하려고 했다.

미국의 폭격으로 이루어지는 독립이 아니라 자주독립을 준비하려고 마음을 먹었다.

대한민국의 비극은 자주적 독립이 아니라 수동적 독립에서부터 시작되었다는 것을 고등학교와 대학교 역사 수업을 들으면서 배웠다. 또 나 자신도 그렇게 생각했기 때문에 자주적인 독립을 하려는 준비를 하기로 했다.

한국인이 주도하는 독립을 해야 미래 같은 불행한 일을 막을 수 있다는 생각에 본래의 이우보다 더욱 활발하고 크게 움직이기로 했다.

그러기 위해서는 일본에 묶여 있는 나보다는 나의 손발이 되어 줄 수 있고 왕실에 대해서 반감이 없는 인물이 필요했다.

또한 지금의 독립군은 독립이라는 하나의 목표를 위해서 일하고 있지만, 너무나도 많은 사상과 이해관계가 섞여 있었다.

사회주의자와 민주주의자, 무정부주의자(아나키스트), 민족주의자 등 너무나 많은 사상이 뒤섞여 있고, 친미파, 친소파, 친중파 중에서도 국민당파와 공산당파 그리고 친일파까지 나라 안팎으로 너무나도 많은 세력들이 난립하는 상황이었다.

이런 상황에서는 독립하더라도 내전이나 엄청난 다툼이 벌어질 가능성이 충분한 상황이었다.

소련과 미 군정 아래에서도 정치 보복과 암살 등이 일어났는데, 자주독립을 해서 치안을 완벽하게 장악하지 못하면 그때보다 더 심한 상황이 벌어지지 않으리라는 보장이 없었다. 아니, 치안을 장악하지 못한다면 분명 벌어질 일이었다.

그래서 나는 왕실을 중심으로 독립군을 조성하여 자주독립을 하고 나면, 왕실이 중심을 잡아서 입헌군주제와 의원내각제를 실시하여 민주주의국가를 설립해야겠다는 생각을 했다.

이렇게 결정한 데에는 개인적인 생각의 영향이 컸는데, 나는 대통령제에 대한 단점을 많이 봐서 그랬다.

대통령제는 승리를 하고 나면 4~5년간은 거의 무소불위의 권력을 휘두르는 정치형태. 딱 선거 기간에만 국민을 위하는 척을 하다 선거가 끝나고 나면 자신의 마음대로 해버리는 것이 가능한 정치형태였다.

내가 살았던 2000년대 한국에서는 대통령제의 폐해가 많았다.

분명 대통령은 행정부의 수반이고 국회는 입법부다. 그러니 삼권분립으로 서로 관여를 하지 못하는 게 원칙인데, 기본적으로 정치인으로서 어느 정도 영향력을 가져야지 대통령에 출마하여서 당선이 가능한 구조였기 때문에 실질적으로는 대통령이 국회와 행정부 양쪽의 수반 역할을 하는 경우도 있다.

그리고 대통령이 일을 잘못했을 경우에 즉각적인 대응이나 정치적 책임을 묻기가 힘들었다.

그래서 난 의원내각제를 내가 생각하는 독립국가의 정치형태로 결론 내렸다.

여기에는 다른 두 가지 이유도 있었다.

하나는 대통령제로 갈 경우 내가 원하는 민주주의국가를 건립하기 위해서는 나 자신이 정치가가 되어서 국가 정치에 어느 정도 관여를 해야 하는데 그럴 자신이 없었다.

두 번째 이유는 광무제와 융희제, 왕자 이우의 유지가 나의 머리에 남아 있어서였다. 광무제와 융희제는 대한제국의 존속을, 이우는 대한제국의 존속과 백성을 위한 나라, 즉 민주주의국가를 염원하였다.

어느 한구석에는 '입헌군주제가 되어서 내가 군주가 되면 미래의 기억들을 이용하여서 많은 일을 할 수 있지 않을까?'

라는 생각도 있었다. 또한 대한제국의 왕족이 되는 것에 대한 미련도 전혀 없었던 건 아니었다.

"이들은 유명한 장인들이라 이미 약속된 일들이 많아서 금방은 힘들 것이에요. 그리고 한 분을 제외하고는 외국에서 공사가 많아 조선 땅에는 오시기 힘든 분들이군요."

대비마마도 잘 알고 있는, 아니 지금의 조선인이라면 다들 익히 알고 있는 인물들이어서 그런지 바로 말씀을 하셨다.

백범 김구 선생과 약산 김원봉은 일본에서 테러리스트로 지정하여 엄청난 현상금이 걸려 있어서 조선에서 만나기는 거의 불가능한 인물이었다.

"그렇습니다."

"서쪽 분들은 힘들 수도 있겠군요."

"다른 분들은 1~2년 안에 맡으신 공사가 한가하실 때 만나 볼 수 있게 약속을 잡아 주시고, 서쪽에 있는 두 분 같은 경우에는 7월쯤 전에 공사하셨던 무너진 판잣집에서 한번 뵈었으면 한다고 전해 주세요."

무너진 판잣집이란 이전 가기 전의 상해임시정부를 이야기하는 것이다. 임시정부 자체는 충칭으로 옮겨 갔으나 그들이 조금만 무리하면 프랑스 조계지인 상해임정 부지까지는 올 수 있을 거 같아서 이리 말했다.

"무너진 곳에서요? 거기까지 가실 수 있으시겠어요?"

대비마마는 감시받는 처지에 중국 상해까지 갈 수 있느냐고 물어 왔다.

"제게 신식 설비를 보여 주고 싶어 안달이 난 친구가 한 명 있는데, 이번에 새로 산 별장에 설치되어 있는 자신의 신식 설비를 저에게 자랑하고 싶어 하네요. 그래서 그 근처까지 다녀올 일이 있습니다."

여름 학기가 끝이 난 7월 말부터 3개월간 중국 전선 시찰이 잡혀 있었다. 일본이 조선의 왕족인 나에게 자신들의 위대함과 엄청난 군사력을 자랑하려는 것이다.

그들 입장에서 불순한 생각을 아예 갖지 못하도록 하기 위한 과시용 시찰이었다.

그래서 상해도 가야 하고 중국의 최전방 전선에도 들러야 했기 때문에 그사이에 조선이나 일본에는 들어올 수 없는 두 사람을 만나 보면 좋겠다는 생각으로 대비마마에게 말을 했다.

"그런 친구가 있어요? 친구를 가려 가면서 사귀라고 했는데…… 그런 자랑 좋아하는 친구는 좋지 않아요."

대비마마도 내가 말하는 것이 일본과 일본 황실이라는 것을 알기에 안 좋은 친구라는 투로 말씀하셨다.

"네, 저도 그렇게 생각합니다. 조심해서 만나도록 하겠습니다."

"그래요. 그 일 같은 경우에는 내가 오라버니에게 이야기를 넣어 볼게요."

"감사합니다."

"아, 그리고 이분은 저보다는 수인당에게 이야기해 보세요. 제가 알기로는 만오晚悟 도련님과 교류가 있는 것 같던데요."

대비마마는 쪽지에서 몽양이라고 적힌 부분을 손으로 찍으면서 말했다.

만오는 친아버지인 의친왕 이강의 호였는데, 독립운동을 하며 임시정부로 망명하려다 실패한 이후, 형식적으로 가지고 있던 공 작위도 장남이자 이우의 친형인 이건에게 넘기고 일본의 삼엄한 감시 속에서 생활하고 계셨다.

"아버지가요? 알겠습니다. 아버지에게 이야기하겠습니다."

"시간이 벌써 이렇게 되었네요. 더 이야기할 것이 없으면, 청이가 찬 바람 오래 쐬어서 추울 것 같은데 같이 나가 보도록 하죠."

"네, 대비마마."

낙선재 방문을 마치자 우리가 탄 차량은 서대문구 죽첨정 1정목(현 충정로 1가)으로 갔다.

낙선재에서 서대문구를 가기 위해서는 옛 육조 거리, 지금은 광화문통이라고 부르는 지역을 지나가야 했다.

이곳은 나 역시도 잘 아는 지역이었는데, 바로 세종 대왕님과 이순신 장군님의 동상이 서 있는 미래의 광화문 광장이었다.

나의 기억 속에는 넓은 광장과 도로 그리고 하늘 높이 솟아 있는 건물들이 있는 곳이었는데, 그 앞을 지나가면서 나의 기억과는 너무나도 다른 모습을 보게 되었다.

일단 내가 알고 있는 광화문은 보이지 않았다. 대신 원형의 천장에 높이 솟아 있는 첨탑이 인상적인 4층 건물, 조선총독부가 경복궁을 떡하니 가리고 있었다.

예전 육조가 자리했던 육조 거리는 광화문통으로 이름이 바뀌었는데, 육조가 전부 없어진 데다 총독부에서 바라봤을 때 오른쪽으로는 4~5층짜리 빌딩이 보였고 왼쪽으로는 한옥으로 되어 있는 건물들이 눈에 들어왔다.

오른쪽의 빌딩들은 그냥 4~5층짜리 가정집처럼 보였는데, 크다거나 멋있다는 느낌이 들지 않은 이유는 현대의 빌딩들은 대부분이 통유리이거나 유리창들이 큰 것에 반해 이곳의 빌딩들은 창문이 작았기 때문이다.

광화문 광장이 끝이 난 곳에서 왼쪽에는 커다란 건물과 넓은 운동장이 있었는데, 기억 속에서 그곳을 찾아보니 경찰학교였다.

이 경찰학교는 총독부를 호위하는 목적을 겸했는데, 항시

1천 명 이상의 훈련생과 기관 경찰이 대기하며 훈련을 하는 곳이었다.

나중에 독립전쟁을 일으키면 가장 골치 아플 데가 이곳이라는 생각이 들었다.

차량이 광화문통을 지나서 서대문구로 들어가자, 나의 목적지가 눈에 들어왔다. 나의 시선 끝에는 춘풍가정여숙春風家庭女塾이란 이름을 가진 학교가 건설되고 있었다.

내가 오기 전 이우 공이 후원을 해서 만드는 학교였는데, 한은숙이라는 일본 와세다대학을 나온 동아일보 기자 출신의 여성 교육자가 설립 대표로 있었다.

그녀는 친일 성향의 인사로서 기자로 있을 때도 친일 성향의 글을 다수 게재했다. 일본의 전쟁을 서구 열강으로부터 아시아를 해방한다는 명목의 해방전쟁으로 홍보하는 인물이었다.

이 사람은 2년 전에 일본에 있는 이우를 찾아와서 자신이 학교를 만들고 싶은데, 땅과 돈이 필요하다고 했다.

처음 이우는 그녀가 친일 성향의 인사라는 것을 알고는 내쫓으려고 했다가 오히려 이 사안을 기회로 이용할 수 있겠다 싶어서 지원을 해 주었다.

지원을 해 주고 나서 집을 지을 때 필요한 장인匠人, 진짜 건물을 짓는 장인들도 구해다 주었다.

그런 이유는 다른 사람들과 독립 인사들에 대한 이야기할 때에 여기서 일하는 사람들의 이야기인 것처럼 꾸미기 위해서였다.

또 초기 투자금과 장인의 월급 등의 명목으로 운현궁의 돈을 빼서 중국에 있는 비밀 군대에 송금하는 창구로도 이용하였다.

현장에 도착해서 들어가자 현장감독이 나를 발견하고는 나왔는데, 가는 날이 장날이었는지 항상 현장에 나와 있는 한은숙이 오늘은 일이 있어서 나오지를 못했다고 말을 했다.

원래 이곳에 온 목적은 오늘 대비마마와 이야기를 하면서 장인에 대한 이야기 많이 나왔기 때문에 혹시 있을지도 모르는 감시자들과 일본 경찰들을 안심시키기 위해서였다. 그 때문에 30분 정도 현장을 둘러보는 것으로 목적을 달성하고 운현궁으로 돌아왔다.

운현궁으로 돌아가자마자 친어머니인 수인당에게 기별을 넣었는데, 이미 나의 병문안을 하신 다음에 사동궁에 잠시 들렀다 다시 올라가셨다는 답변만 돌아왔다.

3일 뒤면 내가 일본으로 돌아가야 하므로 오늘 이야기를 하고 2일 뒤 정도에 만나 볼 수 있을까 했는데, 일정이 꼬이는 느낌이 들었다.

몽양 여운형 선생은 조선중앙일보가 손기정 선수의 일장기 말소 사건을 계기로 무기한 정간에 들어가 회사의 자금줄이 말라서 폐간하자 한양에 남아서 암암리에 독립운동을 하는 사람들을 도왔던 사람 중의 한 명이었다. 과거에는 중국에서 반제국주의 활동도 했던 독립운동가였다.

미래의 기억으로는 조선이 독립될 때 민족 지도자라 불리는 독립운동가 중 그만이 유일하게 국내에 있었다.

또 세상의 흐름을 잘 파악해서 미리부터 건국동맹을 조직해서 독립 후 조선의 치안 유지와 건국준비위원회 설립에 앞장섰던 인물이다.

몽양 선생은 두어 번 정도 만나서 사람의 됨됨이와 느낌을 파악한 후에 내 사람으로 끌어들였으면 좋겠다는 생각을 하는 인물로, 네 사람 중에 가장 마음에 들었다.

미래의 기억에 따르면 후대의 평가도 그랬었고, 이우 공의 기억을 함께 생각해 봐도 그랬다.

그도 그럴 것이 백범 김구는 아직 만나 보지는 않았으나 민족주의자였다. 왕실을 부정하지 않는다면 좋은 파트너가 될 가능성이 있기는 하였으나 가능성이 크지는 않았다. 물론 그래도 조금의 희망이라도 걸어 볼 가능성이 있어서 꼭 만나 봐야 했다.

약산 김원봉은 강경주의 노선파다. 무력으로 독립을 이루려고 하는 것은 나와 잘 맞으나, 과거의 기억으로 생각을 해 보면 알려진 대로는 사회주의를 추구하는 사람이었다. 내가 가려는 민주주의 입헌군주국과는 노선이 달랐다.

그래도 한 가지 희망은 있었는데, 독립 이후에 좌우합작으로 통일된 정부를 구성하려 노력하였고 밝혀진 역사만 놓고 보면 완벽한 골수 사회주의자는 아니었던 걸로 보였다.

마지막으로 우남 이승만이었는데, 네 명의 사람 중에서 나에게 협력을 할 가능성이 가장 낮은 사람이었다.

현재 독립군 중 가장 많은 자금을 확보한 미주 지역의 민족지도자 중 가장 강력한 사람이었으나, 후대의 평가는 권력 지향적인 인물이란 것이다.

그리고 그는 왕실에 대한 불신이 강한 사람이었다. 고종 폐위 운동으로 구속되어 죽을 뻔한 고비도 넘긴 사람이었기에 크게 기대하기는 힘들었다. 그래도 추측으로만 결정할 수 없었기에 일단 한번 만나 보기는 해야 했다.

일단 가장 빨리 만나 볼 수 있을 걸로 생각했던 몽양 선생에 대한 일정이 꼬이는 느낌이 들어 얼른 아버지의 위치를 하야카와에게 수소문해 보라고 했더니, 지금 개성의 명월관에서 묵고 계시다는 정보를 가지고 왔다.

하야카와가 나가고 나서 전화를 걸기 위해서 전화를 처음 봤는데, 버튼이 없는 전화기를 보면서 잠시 이게 전화기인가 의심이 들었다. 그러다 이우 공의 기억 속에서 어떻게 사용을 하는지 찾아내어서 전화를 걸었다.

전화기를 들고 옆에 달린 손잡이를 몇 번 돌린 뒤 귀로 가져가서 잠시 기다리자 상대편에서 교환원의 목소리가 들렸다.

　－교환입니다. 어디로 연결해 드릴까요?

"시외전화, 개성부로 연결해 줘."

　－잠시만 기다리세요.

전화는 잠시 따르릉 같은 소리가 들리더니 30초 정도 침묵이 이어졌다. 내가 전화가 끊겼나 하는 생각을 할 때 수화기 너머에서 교환원의 목소리가 들려왔다.

　－개경 교환소입니다. 어디로 연결해 드릴까요?

"명월관으로 연결해 줘."

　－네, 잠시만요.

또 이야기 후에 잠깐 침묵이 이어졌다. 미래에서는 번호만 누르면 바로 연결되는 전화가 이곳에서는 한 통화를 하기 위해서 몇 번을 거쳐서 연결해야 하는지…… 답답했다. 기억 속의 이우 공이 매번 전화할 때마다 하야카와 씨를 불러서 한 이유를 알 수 있었다.

이제 와서 끊기도 그래서 인내심을 가지고 잠시 기다리자 다시 교환원의 목소리가 들렸다.

　－명월관 전화 연결되었습니다. 두 분 말씀하세요.

"여보세요?"

　－네, 말씀하세요~.

전화를 걸기 시작한 지 5분 정도 되어서야 겨우 명월관으로 연락할 수가 있었다. 전화기 너머에서는 명월관에 일하는 기생인 듯한 여자의 목소리가 들렸다.

"운현궁일세, 아버님과 통화를 하고 싶군."

-네……? 아! 전하, 어찌 전하께서 직접……. 잠시만 기다려 주세요.

그녀는 처음에는 무슨 말인지 못 알아듣는 것 같더니 이해를 하고 나자 당황한 듯 횡설수설 말하고는 이어 수화기 너머로 '우당탕탕' 하는 소리가 들려왔다. 아마도 그녀는 자신이 할 수 있는 모든 힘을 다해서 아버지를 찾으러 가는 것 같았다.

전화기 너머로 소란스러움이 잠시 진행되다가 잠시 후 여자의 목소리가 들렸다.

-여보세요? 상운이니?

아까의 그 목소리는 아니고 많이 들어 봤던 목소리였다. 이 목소리의 주인공을 바로 알아차릴 수 있었는데, 상운은 이우의 아호로 그렇게 이우를 부르는 사람은 딱 한 명, 친어머니인 수인당 김흥인뿐이었다.

"네, 어머니. 어찌 평양에 안 계시고 개성에 계신 거예요? 평양으로 올라가신 거 아니셨어요?"

-아…… 전하께서 평양에 계시다가 개성으로 옮기셔서 같이 내려온 거야. 넌 어쩐 일로 전화를 한 거야? 그것도 직접.

친어머니인 수인당 김흥인은 특이한 버릇을 가지고 있었는데, 그게 바로 호칭을 잘 바꾸지 않는다는 것이다. 나를 부를 때도 아호로 부르고 공족 위에서 내려온 지 10년이 넘은 아버지 이강을 부를 때도 아직 '전하'라는 호칭을 사용했다.

"아버지에게 부탁드릴 게 있어서 전화를 드렸어요."

─무슨 일? 지금 전하께선 사냥 나가셔서 안 계시는데. 급한 일이야?

"네…… 조금 그렇긴 한데……."

─전화로 말하기 힘든 일이야? 아니라면 이따 이 어미가 전하께 전해 주마.

급한 일처럼 느껴지셨는지 어머니도 걱정하면서 이야기하셨다.

이 당시 사람들은 유선전화를 믿지 않았는데, 교환원이 마음만 먹으면 전화 통화를 엿들을 수가 있는 시스템이어서 그랬다. 그래서 어머니는 독립운동에 관한 일인가 해서 물어온 것이다.

"아…… 그럼 혹시 몽양 선생님하고 개인적인 친분이 있으시면 한번 만나 보고 싶어서요."

─몽양? 조선중앙일보 사장 하셨던 그분?

"네네, 제가 3일 후에 동경으로 돌아가는데, 그 전에 만나 뵐 수 있을까 해서 급히 전화했어요."

─그런 일이라면 전하보다는 이 어미와 이야기해야지. 일단 우리도 몽양 선생님이 어디에 계시는지 알아봐야 하니까 저녁 때 연락을 주마.

어머니는 말씀을 다 하시고는 전화를 끊으셨다.

어제는 너무 늦게 일어나서 하루가 빠르게 지나가더니 낙선재를 아침 일찍부터 다녀와서인지 오늘은 하루가 긴 것 같았다.

전화를 마치고 방 안으로 들어가서 성재 이시영에게 편지를 썼다.

일단 내가 생각하는 독립 후의 입헌군주제와 의원내각제에 대한 생각을 적었다.

원래의 이우 공은 이런 문제들은 독립 후에 의논해야 한다면서 언급하는 걸 뒤로 미뤘었는데, 내 생각은 조금 달랐다.

여운형이 조선 독립 후에 건국위원회를 빠르게 설립하고 과도기 정부의 중심에 설 수 있었던 것은, 그가 국내에 있는 독립운동가 중에 가장 명성이 있기도 했지만 독립 1년 전 1944년부터 건국동맹이라는 단체를 설립해서 독립을 준비했기 때문이기도 하다.

물론 마지막에 암살을 당하기는 했지만, 그것은 권력의 중심에 있으면서 군에 대한 통제력이나 자신을 지켜 줄 군이 없어서였다.

이번 역사에서 그 건국동맹을 내가 주축이 되어서 만들려면 이시영부터 설득하여서 지금 있는 임시정부 내에도 세력을 만들 필요가 있었다. 또 독립운동가 중에서도 나의 지지 기반이 되어 줄 사람들을 포섭할 필요가 있었다.

아무리 내가 왕가의 후손이라서 대다수 대중에게 지지를 받을 수 있다고는 하나, 지식인들 사이에서는 지지를 받기가 일반인보다 훨씬 힘들 것으로 예상됐다. 대다수 지식인은 조선이 망국이 된 이유가 왕족과 세도정치가들 때문이란 걸 알고 있기 때문이었다.

조선 말기 세도정치와 어지러운 정세가 이 나리가 망하지 않으면 이상한 수준까지 올라갔기 때문에 어쩔 수 없었다.

또한 세도정치 때문에 정조 이후로 이 나라에 제대로 된 군주가 없었기도 했다. 거의 100년에 걸쳐서 제대로 된 리더 없이 이어져 왔기 때문에 주변국에 망할 운명이었다고 생각했다.

그래도 지금은 내가 있다. 내가 중심이 된다면 어쩌면 통일된 나라를 만들어서 과거보다는 더 좋은 역사를 만들 수 있지 않겠냐는 생각을 했다.

그러기 위해서는 이시영부터 설득할 필요가 있었다.

다행인 것은 아직도 그가 왕가에 대한 호감을 가진 인물인데다 이우와도 자주 연락을 하고 독립에 대한 의견을 주고받았다는 것이다.

이시영을 설득할 편지를 작성한 이후에 그 종이를 천에다가 곱게 싸서 묶고는 시월이를 불러들였다.

"전하, 찾으셨다 들었습니다."

"그래, 시월아, 여기 이것을 부탁한다. 성재 선생의 것이니라."

이런 편지들은 주로 시월이가 담당했다.

아이는 익숙한 듯 나에게서 비단에 감싼 편지를 받아 들고 는 나의 반대쪽으로 뒤돌아서 저고리를 풀어 헤쳤다.

"헙-."

그녀가 뒤돌아설 때 이우 공의 기억이 뇌리를 스쳐 지나갔 다. 곧 그녀가 무엇을 위해서 저러는 것인지는 알게 되어 헛 바람을 집어삼켰다.

하필이면 공교롭게도 그녀가 상의를 풀어 헤치기 위해서 뒤돌아선 창문 너머로 해가 있었다.

그녀가 입은 무명천의 속치마가 그렇게 두껍지가 않았는 지 서서 상의를 풀어 헤치고 치마까지 풀어서 속치마가 드러 나자 그녀의 몸매가 적나라하게 드러났다.

어깨에서부터 잘록한 허리, 풍만한 엉덩이 그리고 아래로 곧장 떨어지는 다리 라인까지…… 그녀는 미처 알지 못했던 거 같지만, 난 그녀의 몸매에서 눈을 뗄 수가 없었다.

'야동'에서가 아닌 실제 눈으로 그것도 10대 후반의 소녀의 몸을 보는 일이다. 미래였으면 '아동청소년법'으로 잡혀 들어 가도 이상하지 않을 것이다.

어린 여자의 실루엣을 보는 것은 생각보다 훨씬 자극적이 었다. 차라리 그녀가 더 어렸다면 모르겠으나 신체는 이미 성장을 완료한 것 같았다.

그렇게 잠시간의 시간이 지났다.

그녀는 속치마 위에 나의 편지를 올리고 다시 치마와 저고리로 편지를 감싸서 보이지 않도록 하더니 나의 앞에 무릎을 꿇고 앉으면서 이야기했다.

"전하, 더 전하실 것은 없으신가요?"

"그래, 잘 부탁한다."

나의 말에 시월이는 고개 숙여서 인사를 하고는 밖으로 나갔다.

그녀가 방문을 열고 나가고 나자 나는 놀란 가슴을 진정시키려고 노력했다. 본능적으로 힘이 들어갔던 몸은 잠시 시간이 지나자 다시 조금씩 진정이 되면서 힘이 풀렸다.

"전하, 개경에서 사동궁 어르신으로부터 전화가 왔습니다."

박찬주와 이청과 함께 저녁을 먹고 있을 때 하야카와가 내가 기다리던 전화가 왔음을 알렸다. 그래서 밥을 먹다가 말고 자리에서 일어나면서 말했다.

"나 먼저 일어날게."

"네, 오라버니, 너무 무리하시지는 마세요. 청아, 아버지께 인사드려야지."

찬주는 별말 없이 먹던 식사를 잠시 놔두고 일어나서 이야기하고는 이청에게도 일어나도록 했다.

"아부지, 안녕히 가세요~."

매일 따로 자는 게 익숙해졌는지 저녁을 먹고 일어나면 꼭 다른 집으로 가는 것처럼 인사를 했다. 사실 어떻게 보면 다른 집이기는 했다.

귀엽게 인사하는 청이의 머리를 쓰다듬어 주고는 하야카와를 따라서 노락당으로 갔다. 그곳에는 전화기가 아래에 내려져서 수화 대기 상태로 나를 기다리고 있었다.

전화를 들자 그쪽에서는 기생으로 보이는 여성이 전화를 들고 있었다. 내가 전화를 받자 금방 아버지에게 전화를 주었는지 바로 아버지의 목소리가 들려왔다.

"여보세요?"

─그래, 우야, 잘 있었느냐?

내가 전화를 받자 수화기 너머에서 중년 남자의 목소리가 들려왔다. 내가 이 세상으로 넘어오고 나서 처음으로 듣는 의친왕 이강, 이우의 친아버지 목소리였다.

"네, 아버지, 저는 잘 지내고 있습니다. 아버지는 별고 없으신가요?"

─그래, 그런데 넌 잘 지내는 거 같지 않더구나. 아팠다고 수인당이 이야기를 하더구나.

어머니가 내가 쓰러졌던 것을 아버지에게 이야기하였는지, 걱정스러운 말투로 말해 오셨다.

"아무렇지도 않습니다. 그냥 잠시 그랬던 것뿐이니 신경 쓰지 마세요."

―그래그래, 사내대장부가 그렇게 약해서는 안 되지. 그렇고
말고. 그런데 몽양을 만나고 싶다고 했다더구나.

"네, 그렇습니다."

　―몽양은 무슨 일로 만나려는 것이냐?

"……아, 그게……."

　아버지의 질문을 들은 나는 대답이 잠시 망설여졌다. 전
화로 이야기하는 것이라, 혹시 엿들으면 안 되는 내용이 있
어서였다. 그러자 아버지도 눈치를 챘는지 바로 말을 이으
셨다.

　―그래, 사내대장부끼리 만나는 데 무슨 이유가 있겠느냐?
술이나 한잔하려는 것이겠지! 몽양이 술을 같이 마시기 좋은 친
구이기는 하니 내 한번 다리를 놔 주마. 그런데 지금 몽양이 도
쿄東京에 가 있다고 하니, 이번에는 힘들 것 같구나.

"아…… 그렇습니까? 아쉽네요. 좋은 술친구가 될 수 있을
거 같았는데요."

　왠지 아버지의 장단에 맞춰 줘야 할 거 같아서 술친구라는
이야기를 일부러 꺼냈다. 그랬더니 아버지는 큰 소리로 웃으
시면서 대답을 하셨다.

　―껄껄껄, 그래그래, 몽양은 아주 좋은 술친구야……. 아니
다, 이럴 게 아니라 어차피 너도 동경으로 가니 그냥 동경에서
만나려무나. 어차피 내가 없어도 둘은 잘 통할 터이니 내가 몽
양에게 기별을 넣어 주마.

"그래도 괜찮겠습니까?"

아버지의 말에 생각보다 일이 쉽게 풀릴 수도 있겠다는 생각이 들었다.

경성에 있었으면 3일밖에 시간이 없는데, 동경에서는 앞으로 7월까지 못해도 5개월은 넘게 시간이 있다. 여운형이 동경에 오래 머문다면 그와 대화를 하기에 훨씬 좋은 환경이 될 거 같았다.

물론 처음에 아버지인 의친왕이 같은 자리에서 분위기도 풀어 주고 이야기를 이끌어 주면 더 좋겠으나 여의치 않으니 어쩔 수 없었다.

—그래그래, 몽양도 나만큼이나 호탕한 사람이고 우리 같은 사람들을 좋아하니 걱정 말고 원하는 술이 있으면 다 사 달라 해라. 또 하고 싶은 것이 있으면 거침없이 말하거라. 이야기는 잘 통할 것이야!

처음에 아버지가 말씀하시는 게 무슨 뜻인지 잘 이해가 안 되어서 잠시 생각을 했는데, 곧 대략적인 짐작을 할 수 있었다.

남들이 들으면 우리 같은 사람이라는 말뜻은 음주, 가무와 여자, 도박을 좋아하는 사람으로 이해하기 쉬웠다. 왜냐하면 의친왕 이강의 이미지가 그랬다.

망명 실패 후 더욱 은밀하게 움직이기 위해서 그가 택한 방법이 한량으로 연기를 하는 것이었다.

물론 그런 연기를 하고 나서 처음 몇 년간은 진짜 한량으로 지낸 일본인들이 의심을 풀었다.

　그 이후부터 전국의 기생집에서 독립운동가들을 만나고, 기생들을 이용해서 자금을 전달하는 식의 방법을 사용했다. 그러나 내용을 잘 모르는 일반 대중이나 일본 경찰들이 보기에는 딱 한량이었다.

　하지만 우리가 하는 이야기는 독립운동에 관한 거였다. 그것에 대입해서 생각해 보면 '우리 같은 사람'의 '우리'는 왕족을 뜻하는 것이리라.

　그렇다면 여운형은 왕족에 대해서 어느 정도 호감을 가지고 있고, 우리가 하는 독립운동에 대해서 어느 정도 동조하는 사람이라는 뜻으로 해석할 수가 있었다.

　"감사합니다. 그럼 동경에서 만날 수 있도록 해 주세요."

　―그래, 내 그렇게 하도록 해 주마. 그건 그렇고, 동토의 장인들 짓는 한옥은 힘들다는 이야기가 들리던데, 괜찮은 거냐?

　곽재우 참령을 추천한 사람이 바로 아버지였다. 그가 사람을 발굴해 이우에게 추천하였고 자금을 지원해 독립군을 규합해 하나의 군대를 만들라고 동토(얼어붙은 땅 : 만주 이북 지역)로 보냈다.

　"쉽지 않은가 보더라고요. 동토에 있는 사람 중에서 경성에 있던 한옥을 지은 사람들에 대해서 호감을 갖고 있는 사람들이 많지 않으니까요."

—그렇구나. 알겠다, 내가 그쪽을 더 도울 수 있는 기술자들을 찾아보도록 해야겠구나.

"감사합니다."

—너무 걱정은 하지 마라. 아직 장인이 동토로 올라간 지 얼마 되지 않아서 그런 것이니까.

아버지는 그 말을 끝으로 전화를 끊었다.

4장

　방학을 마치고 개학할 시기가 다가왔다. 육군대학교에 다
니기 위해서 일본으로 가는 날의 아침이 되자, 운현궁 전체
가 소란스러워진 것을 느낄 수 있었다.

　하인들은 하야카와 집사의 지시를 받아서 노락당과 노안
당, 이로당에 있는 짐들 중에서 일본으로 가져가는 것들을
분류한 뒤 가방과 천으로 싸서 들고 갈 준비를 했다.

　짐들은 대부분 옷가지와 서책들이었는데, 원래 이우 공이
책을 많이 읽는 편이어서 책들이 상당히 많았다.

　그런 소란스러움은 나와 상관없다는 듯 일어나서 자리에
앉자 시월이가 세숫물을 가지고 방으로 들어왔다.

　처음 세수를 할 때는 어색했었는데, 지금은 나 역시 익숙

해져서 자연스러웠다.

별말 없이 세수를 하고 나서 얼굴을 닦기 위해 시월이로부터 수건을 넘겨받았는데, 그 안쪽으로 그녀의 손과 나의 손이 부딪치면서 스쳤다. 그녀는 그사이에 나에게 곱게 접혀 있는 종이 한 장을 넘겨주었다.

그녀의 손과 부딪칠 때 순간 놀라기는 했으나, 원래 편지를 보내고 나면 이런 식으로 잘 받았는지 확인해 왔다는 걸 기억으로 알아서 최대한 아무렇지 않은 척했다. 종이를 받은 뒤 수건으로 얼굴과 팔을 닦는 척하면서 그것을 옷의 소매 안으로 집어넣었다.

세수를 마치고 나서 시월이가 나가고 그다음 내 방에서 짐을 다 챙긴 하인들과 집사가 방 밖으로 나가고서야 종이를 다시 꺼내어서 펴 보았다.

종이는 두 장이었는데, 하나는 내가 중국에 있는 성재 이시영 선생에게 보내는 편지를 잘 받았다는 전보電報였고 다른 하나는 아버지 이강에게서 온 편지였다.

아들, 보아라.
너와 통화하고 이야기를 들으니 힘이 나는구나. 제국주의에 망국이 된 일에 직접적인 책임이 있는 사람으로서 다시금 새 나라의 정치에는 관여할 수 없는 몸이지만 너만은 이 왕족을 대표하여서 우리의 잘못을 사과하고 반성하여서 다시금 정도

정치正道政治(바른길로 나라를 이끄는 정치)를 했으면 하였는데, 이 아비의 뜻을 따라 주는 것 같아서 고맙구나.

대비마마께 편지를 받았는데, 이 박사와 만나 보았으면 하는가 보더구나.

미국에서 우리와 함께할 사람을 찾는 것이라면, 이 박사는 만나더라도 의미가 없을 것이야. 우리와는 가는 길이 다른 사람이야. 그는 조선 왕실에 대해 부정적인 사람이니까.

구미歐美 쪽에 사람이 필요하다면 송헌주를 추천하마. 북미 대한인국민회北美大韓人國民會의 중앙집행위원장으로, 지금 미국 내에서는 이 박사만큼 영향력이 있는 사람이다.

그리고 그와 연락을 하려고 한다면 대비마마에게 부탁해 사돈을 통하면 될 것이다. 나와도 안면이 있기는 해도 사돈과는 서로 호형호제好兄好弟하니, 나를 통하는 것보다 좋을 거야.

몸 건강히 일본을 다녀오고 본심本心은 항상 숨기거라.

아버지 이강은 언제나처럼 편지를 끝맺었다.

기억 속 아버지 이강은 이우가 어린 시절 공공연하게 일본인에 대해서 적개심을 드러내는 것에 대해 아무런 말 없이 그냥 웃어 주었다.

그러다 관동대지진 때 일본인들이 한국인들을 죽이는 장면을 목격한 이후부터는 더욱 심하게 일본인에 대한 적개심을 드러내는 이우를 보고 조언을 하였다.

-네가 정말로 일본인을 싫어하고 우리 조선 땅에서 일본인을 쫓아내려고 한다면, 본심은 항상 숨기거라……. 그들로 하여금 너를 믿게 만들어라. 흉기가 눈에 보일 때는 그 사람이 대비할 기회를 주어서 위험이 되지 않는다. 너 자신을 철저하게 숨기고 낮춰서 그들에게 너는 위협이 되지 않는다고 느끼게 해라. 그리하여 네가 그들에게 위협이 되지 않는 존재가 되고 가슴속에 품고 있는 칼이 되었을 때, 그때 흉기가 되어서 그들을 찔러라. 보이는 위협보다 보이지 않는 위협이 훨씬 효과적이고 무서운 거다. 그러니 네가 진정으로 일본인을 이기고자 한다면 본심은 항상 숨겨라…….

　열두 살에 경험한 관동대지진과 관동 대학살은 단순히 점령국에 대한 반감을 가지고 있던 이우 공의 마음에 서슬 퍼런 칼을 한 자루 숨기게 하는 계기가 되었다.
　또한, 이 사건으로 인하여서 똑같은 일을 겪었던 형 이건은 겁에 질려서 자신의 안위만을 생각하게 되었다.
　지진 후에도 일본인에 대한 적개심보다는 자신의 안위를 걱정하는 그의 다른 반응이 아버지 의친왕 이강이 이우 공에 대한 마음을 더욱 굳히게 되는 계기가 되었다. 그리고 자신의 후계자가 되지 못하고 큰집으로 입양을 보내어 큰형의 후계자가 된 자랑스러운 아들을 보면서 크나큰 후회를 하였다고 하셨다.

나는 아버지의 편지를 다 보고 나서 보온을 위해서 피워 놓은 청동화로青銅火爐의 숯에다가 전보와 편지를 던져 넣어 증거를 없애 버렸다.

편지가 타는 것을 잠시 지켜보았다. 숯에 의해서 편지 역시 까만색으로 변하여 없어질 때쯤 밖에서 하야카와의 목소리가 들렸다.

"전하, 출발하실 채비를 마쳤습니다."

"알겠네."

대답을 듣고 밖으로 나가자 시월이를 비롯하여서 짐을 가지고 일본으로 같이 가는 하인들은 기차역이 있는 경성역으로 먼저 출발한 듯 보이지 않았다. 마당에는 운현궁에 남아서 이곳을 관리하는 하인들과 하야카와, 박찬주, 이청이 나를 기다리고 있었다.

일본으로 가기 위해서 나에게 엄청난 멀미를 안겨 주었던 차에 탑승을 하였다.

내가 타고 있는 차가 경성역으로 들어서자 나를 기다리고 있던 네 명의 하인들과 그들 근처에서 도열해서 서 있던 열 명가량의 경찰들이 눈에 들어왔다.

제복을 입은 경찰들 옆에는 양복을 입은 한 무리의 사람들이 또 모여 있었다.

그때 도열해 있는 경찰들 뒤쪽으로 내가 잘 아는 인물 한 명이 눈에 들어왔다. 그는 바로 종로서 고등계의 김태식 경부였다.

자기 딴에는 잘 안 보일 거라고 가리는 것인지 제복을 차려입고 도열해 있는 경찰들 뒤쪽에서 담배를 하나 꺼내 피우고 있다가 내 차량이 들어오는 것을 보고 담배를 던져 버리고는 도열해 있는 경찰들의 가장 앞으로 나왔다.

차량이 경찰들 앞에 정차하자 조수석에 앉아 있던 하야카와가 내려서 내 쪽의 차량 문을 열어 주었다.

차에서 내리자 경찰들이 단체로 경례했다. 내가 경례를 받고 나자 김태식 경부가 말을 걸어왔다.

"전하, 이번 경성 휴가는 뜻깊으셨던 거 같습니다."

그는 예의 능글맞은 웃음을 지어 보이면서 말했다.

"무엇이 말이오?"

"글쎄요. 그건 전하께서 더 잘 아실 거라 믿습니다. 부디 동경에 가셔도 대일본 제국 천황 폐하의 은혜를 잊지 마시기 바랍니다."

그는 마치 경고라도 하듯이 말했다. 분명 이런 말투는 아무리 고등계 경부라지만 공족에게 쓸 만한 게 아니었다.

"김태식 경부가 이리도 나를 걱정해 주니 너무나도 고맙구려."

그렇다고 그의 도발에 넘어가서 발끈하는 것은 아닌 거 같아서 웃으면서 받아 주었다.

그러자 그는 내가 이야기한 김태식이라는 조선식 이름이

마음에 안 들었는지 인상을 쓰면서 대답했다.

"가나자와입니다."

"아아, 그랬던가? 뭐 아무렴 어떻소. 김태식도 그대의 부모님이 지어 주신 자랑스러운 이름이 아니오?"

김태식 경부를 놀리듯이 말을 하고 있을 때, 한쪽에 모여 있던 양복 신사 중에서 대표인 듯한 한 명이 나에게 다가와서 말했다.

"전하, 휴가는 편안하셨는지요? 제가 더욱 신경을 써 드렸어야 했는데, 신경을 쓰지 못해서 죄송합니다."

그의 얼굴을 보자 누군지 알 수 있었는데, 그는 을사오적 중 한 명인 이완용의 차남인 이항구였다.

이항구는 아버지 이완용의 작위를 물려받지는 못했으나 일본이 조선을 수탈하는 데에 앞장선 인물로, 아버지를 이어서 전형적인 친일파였다.

지금은 조선왕실의 일을 전담하는 이왕직의 차관을 맡고 있었는데, 곧 있으면 장관으로 승진한다는 소문이 있는 인물이었다.

"아니, 이 남작이 어인 일로 여기까지 나오셨소?"

예순 정도의 나이에 머리까지 반쯤 벗겨져서 좋은 인상의 사람은 아니었다.

보통의 이우 공이라면 신분과 상관없이 자신보다 나이가 많은 사람은 존칭을 써 줬었는데, 유독 그러지 않는 몇 안 되는 인물 중 한 명이 이항구였다.

"전하께서 일본으로 돌아가시는데, 이왕직의 일을 책임지고 보고 있는 자가 어찌 오지 않겠습니까?"

"그대가 이왕직을 책임지고 있다고? 내 처음 듣는 말이군. 시노다 장관은 언제 은퇴한 것이오?"

이항구의 말이 틀린 건 아니었다.

현재 장관인 시노다 지사쿠篠田治策는 사학자로 이왕직의 일보다는 자신의 연구에 더 몰두하고 있다는 걸 다들 알고 있었다.

사실 일본인 중에서 조선인의 역사와 문화에 정통한 자가 많지 않아서 지금 이왕직의 장관 직함을 가지고 있을 뿐이었다. 실질적인 일은 이항구가 다 했는데, 내가 그 부분을 건드리자 그는 짜증이 났는지 얼굴에서 웃음기를 지우고는 대답했다.

"그만큼 책임감을 느끼고 장관님을 도와서 잘하고 있다는 뜻이었습니다, 전하."

"말하는 걸 보니, 이 남작은 요즘 조선어를 잘 안 쓰시나 보군. 조선말은 일본 말과 달라서 말의 한 단어 한 단어의 뜻이 중요하니 신중하게 말하도록 하시오."

"전하, 전하께서 아직 조선말을 사용하시니 그런 거지요. 이제는 친애하는 천황 폐하의 하해와 같은 은혜로 조선인과 본토인의 구분이 사라지고 모두 친애하는 천황 폐하의 신민이 되었으니, 조선 내에서도 제국어를 사용하셔야 합니다."

이미 민족말살정책(내선일체라고도 불린 조선 합병 정책)으로, 몇 년 전부터 일본은 한국어 사용을 금하고 일본어 사용을 강요하는 상태였다.

그러나 이우 공은 그런 정책에 반발하여 일본에서 일본인과 대화를 할 때는 일본어를 사용하였으나 조선인과 대화할 때는 조선어를 사용했었다.

"내 그 이야기를 지난번 동경으로 갈 때도 들었던 거 같은데…… 나는 내 나라 언어가 좋으니 남작이나 좋아하는 일본어를 쓰도록 하시오. 그리고 할 말이 있으면 얼른 하시오, 설마하니 일본어를 쓰라 말하려고 여기까지 온 거요?"

나의 말에 이항구는 굳어져서 무표정하게 있던 얼굴이 이제는 아예 일그러져서 자신의 기분이 좋지 않음을 표현했다.

이우 공은 제국어를 절대로 제국어라 하지 않고 일본어라고 했는데, 이는 제국어가 일본 제국의 말이란 뜻으로 조선의 모국어도 된다는 의미를 포함했기 때문이다. 그래서 꼭 일본어라고 구분을 지어서 말했다.

"전하, 제가 여기까지 온 것은 이번에 떠나시면 내년까지는 조선에서 뵙기는 힘들 것 같아서 가시는 길 배웅이라도 해 드리려 함입니다. 그리고 시노다 장관께서 궁내성에 사의를 표명하셨습니다. 그래서 그것을 전해 드리려고 왔습니다."

이항구가 여기기까지 온 목적은 자신이 곧 이왕직의 장관이 된다는 것을 돌려 말하기 위해서인 것 같았다.

직접적으로 장관이 된다는 이야기는 아니었으나, 전임 장관이 후계자가 있어서 다른 곳으로 전출 가는 것이 아니라 사임을 하는 형태로 장관직에서 물러나게 되면 보통은 차관이 장관직을 이어받았다. 그 때문에 시노다 장관이 사임한다는 것은 곧 그가 장관직에 오른다는 것과 같은 의미로 볼 수 있었다.

"아~ 그리되었소? 안타깝구려, 시노다 장관은 굉장히 일도 잘하시고 책임감도 강해 좋은 분인데 말이오. 그렇지 않소? 시노다 장관님 같은 분이 장관이면 차관으로서 참 편했을 터인데 말이오."

시노다는 원래 이왕직의 일에 관심이 적은 인물이었는데 일부러 이항구를 놀리기 위해서 책임감 있게 일을 잘한다고 말하자 그의 얼굴이 붉으락푸르락했다.

두 사람은 아마도 일본으로 가는 데다 여름에도 이미 전선 순시 일정이 잡혀 있어서 조선에서의 생활을 좋아하는 내가 한동안 조선으로 들어오지 못하는 것을 놀리기 위해서 왔던 거 같다. 그런데 오히려 나에게 놀림을 받고는 좋지 않은 인상으로 나를 배웅했다.

"전하, 다음에 오실 때는 제가 꼭 전하를 맞아 드리도록 하겠습니다."

타지에 나가 있던 이왕족이 귀국을 하면 이왕가를 살피는 부처의 장관이 환영을 나오는 게 전통이었는데, 이항구는 자신이 꼭 장관이 되어서 나를 맞으러 나오겠다는 굳은 의지를 말에 담아서 나에게 했다.

"내 기대하겠소."

두 사람과 경찰, 이왕직 직원들의 배웅을 받으면서 기차에 오르자 나를 두고 먼저 기차에 올랐던 박찬주와 이청이 기차의 한자리를 차지하고 나를 기다리고 있었다.

내가 탄 기차 한 량 전체가 우리 가족과 하인들을 위한 것이었나 보다. 뒤쪽으로 보이는 기차 안에는 사람들이 엄청나게 많이 타고 있었는데, 우리 칸에는 나의 일행을 제외하고는 아무도 없었다.

우리 칸에는 하야카와를 포함한 하인 다섯 명과 나, 박찬주, 이청 그리고 나를 경호 혹은 감시하기 위해서 탑승한 경찰 네 명이 전부였다.

기차는 증기가 빠지는 큰 소리와 함께 하얀 수증기를 퍼트리면서 출발했다.

미래에 타 봤던 기차를 생각하고 탔다가 생각보다 시끄러운 소리에 놀랐다.

미래에 기차를 타면서 '왜 칙칙폭폭이라는 소리가 나지 않을까?' 하고 생각했었는데, 그 소리를 정확하게 들을 수 있었다.

증기기관에서 피스톤이 돌아가며 증기가 배출되는 소리가 들려왔는데, 기차가 터널로 진입하면 그 소리가 귀를 막지 않으면 안 될 정도로 시끄럽게 느껴졌다.

그러나 이런 느낌은 나만 받는 것인지 주위의 어느 누구도 신경을 쓰지 않았다. 심지어 어린아이인 청이도 익숙하다는 듯 행동했다.

창밖으로 지나가는 풍경을 보니 지금이 일제강점기라는 것을 새삼 느낄 수 있었다.

요 며칠 지내면서 서울 중에서도 이 시대 조선에서 가장 번화한 곳인 종로 쪽에서 3~4층의 건물들을 보고, 거리에 다니는 전차를 보았으며, 또 거리를 다니는 일본인과 조선인들을 보았다. 그러며 '지금의 조선도 어느 정도 발전했구나.'라고 느끼고 있었는데, 기차가 한강철교를 건너기 시작하면서 완전히 다른 세상이 눈에 들어왔다.

국회의사당과 증권거래소, 증권사들과 금융회사들 그리고 63빌딩 등 하늘 높이 솟아 있는 빌딩들이 있는 곳이 내가 알고 있던 여의도였는데, 지금의 여의도는 완전히 다른 곳이었다.

여의도 한강 둔치로 잘 정리되어 있던 강가는 지금은 모래톱이 물과 경계를 이루고 있었고 하늘 높이 솟아난 빌딩들은 사라지고 여의도 위에는 경비행기가 몇 대 서 있는 비행장이 자리하고 있었다.

그곳을 지나서 나가자 지금의 시골 읍내 수준도 되는 곳이 없었다. 간혹가다 기와집 한 채와 그 주위로 초가집들이 몇 채 있는 게 전부였다.

그나마 기와집이 있는 동네는 잘사는 곳인지, 그냥 초가집과 판자를 얼기설기 엮어서 만든 집들만 많이 모여 있는 동네도 있었다.

3시간 정도를 달리니 대전이 눈에 들어왔는데, 그나마 대전에 들어오니 서양식으로 지어진 3~4층짜리 건물도 눈에 띄곤 했다.

이 기차는 나름대로 급행이었는지 대전에 도착하기 전까지 중간중간에 있는 작은 역들은 들르지 않고 대전역까지 직행으로 왔다.

대전에서 잠시 정차를 한 후 다시 출발할 때에 이청이 배가 고프다고 칭얼거렸다.

아직 점심시간이 되려면 2시간 정도 남은 시간이었다. 아침을 먹고 출발하기는 했지만, 새벽 일찍 출발한 관계로 아이가 반쯤 잠들어 있는 상태에서 억지로 먹였는지라 밥을 적게 먹어서인지 벌써 배고프다는 이야기를 했다.

그러자 찬주가 시월이를 불렀다. 그녀는 짐 중에서 한쪽에 잘 보관되어 있던 보자기로 싼 짐을 들고 왔다.

찬주가 그것을 받아 자신의 무릎 위에 올려놓고 펼치자 내용물이 눈에 들어왔다.

보자기 안에는 푸른빛이 감도는 투명한 유리병과 볏짚으로 꼰 새끼줄에 달려 있는 삶은 달걀이 있었다.

푸른빛의 유리병에는 'ラムネ(라무네)'라고 일본어가 적혀 있었다.

이 병은 나도 알고 있었는데, 미래에서 학창 시절에 친구들과 부산을 놀러 갔다가 깡통시장에서 일본의 사이다라면서 먹었던 음료수와 같은 제품이었다.

물론 디자인은 약간 달랐다. 미래에서 먹었던 것은 짱구가 그려져 있는 라무네였는데, 이건 기본 사이다인 거 같았다.

뚜껑에 유리구슬이 달려 있어 그것을 눌러서 먹는 형태까지 똑같은 제품이었다.

"오라버니도 드세요. 아침을 제대로 안 드셨잖아요."

박찬주는 이청에게 달걀 하나를 까서 주고는 나에게도 라무네 한 병과 달걀을 내밀었다.

사실 나는 그렇게 배가 고프지는 않았는데 '저 라무네가 내가 기억하고 있는 그 맛일까?' 하고 달걀과 함께 받았다.

달걀을 하나 까서 먹으면서 구슬을 눌러서 넘겨준 라무네를 입에 가져다 한 모금 넘기자, 친구들과 고등학교 수능이 끝났다고 다 함께 새벽 기차를 잡아타고 갔던 부산 여행이 머릿속에 떠올랐다.

이곳에 온 지 그렇게 오래되지도 않았고 어쩔 수 없는 거라고 생각했다. 열심히 살겠다고 다짐한 뒤 바쁘게 움직이고 있었는데, 단 한 모금의 사이다를 먹자 갑자기 친구들과 부모님, 형이 그리워졌다.

"아부지, 왜 울어?"

앞자리에 앉아서 달걀을 먹고 있던 이청이 나를 보면서 말했다. 나도 놀라 나의 얼굴로 손을 가져갔는데, 내가 의식하지 못하는 사이에 나의 눈에서 눈물이 한 방울 툭 떨어졌다.

"아, 아니야. 눈에 뭐가 들어가서 그래. 잠시 화장실 좀 갔다 올게."

급히 들고 있던 라무네와 달걀을 다시 보자기 안에 넣고 자리에서 일어나 화장실로 갔다.

이지훈으로서의 나는 원래 담배를 태웠었는데, 이 세계로 넘어오고 나서는 담배를 끊었다. 아니, 원래 이우 공은 피우지 않았기에 끊었다고 표현하기는 힘들었으나 현재는 피우고 있지 않았다.

너무나 복잡 미묘한 심정에 기차의 화장실에 달린 작은 창문 사이로 보이는 풍경을 보다가 문득 담배가 하나 태우고 싶어졌다.

그렇게 흐르던 눈물과 마음을 추스르고 나자 아침에 보았던 의친왕 이강의 편지가 떠올랐다.

―본심은 항상 숨기거라…….

앞으로 할 일들 또 해야만 하는 일들을 생각하면서 나의 마음을 다스려야 된다는 걸 다시 한 번 깨달았다. 이렇게 쉽게 감정이 흔들려서는 안 된다고 다짐하고 마음을 다잡았다.

　　　　　　　　　✽

새벽 일찍 출발한 기차는 해가 지고 어둠이 세상에 내려앉고 나서야 부산에 도착했다. 부산역에 도착해서 내리자 하야카와가 선두에서 우리 일행을 항구로 안내했다.

부산역은 부산항과 붙어 있었는데, 기차에서 내려서 바로 배를 탈 수 있게 되어 있었다.

기차를 타러 걸어가면서 부산항의 부두를 봤는데, 부두에는 가공된 철근과 아직 가공하지 않은 듯한 철광석들이 산더미처럼 쌓여 있었다.

강원도와 함경도, 양강도 등지에서 수탈한 조선의 자산을 자신들의 나라로 가져가 위해서 쌓아 놓은 것들이었다.

씁쓸한 기분으로 부산항의 여객 터미널로 들어갔다.

부관연락선釜關連絡船인 금강호는 부산항에서 일본 시모노세키下關로 가는 손님들을 기다리고 있었다.

대부분의 승객은 탑승을 완료한 상태이고, 우리가 타고 온 기차에서 내린 승객들이 마지막 손님으로 기다리고 있었다.

배에 오르자 영도와 배가 지나간다고 돌아가 있는 영도대

교가 한눈에 들어왔다.

배가 석탄으로 가는 증기선이었는지, 배의 중앙에 있는 세 개의 굴뚝에서 검은 연기가 계속해서 올라왔다. 그러면서 하얀 포말과 작은 파도를 일으키며 바다를 향해서 나아갔다.

일본으로 가면서 가장 걱정했던 것이 언어였다. 이우 공의 기억을 읽으면서 하기에는 약간의 딜레이가 있어서 일본어를 지금이라도 공부해야 하나 고민하고 있었는데, 의외로 쉽게 해결되었다.

원래 한국을 떠나기 전 만주에 있는 곽재우가 보낸 사람과 앞으로의 일에 대해서 상의하기 위해 만나기로, 내가 과거로 돌아오기 전 원래의 이우 공이 약속을 해 놨었다.

기억에서 그 약속을 찾아내었고, 약속을 지키기 위해서 일본인 거리이자 지금 조선에서 유흥 쪽으로는 가장 번화가인 혼마치本町(지금의 충무로에 위치, 주로 일본인들을 상대하는 유흥 주점과 바, 술집이 많이 있던 곳)에 가자마자 일본어에 대한 고민이 해결되었다.

혼마치로 들어가자 거의 전부가 일본인들이었다.

가게로 들어갔는데, 가게의 종업원들조차 일본어로 물어왔다.

그런데 아주 자연스럽게 그 일본어의 뜻을 알 수가 있었다. 한국어로 번역해서 이해하는 것이 아니라 단어의 뜻 자체를 이해하고 있었다.

여러 가지 확인을 해 보니, 어떤 원리인지는 알 수가 없었으나 이미 이우 공이 알고 있던 언어에 대해서는 원래의 이우 공과 같은 수준으로 구사할 수가 있었다.

한 가지 의외였던 것은 이우 공이 일본어뿐만 아니라 프랑스어에도 상당히 조예가 있어서 내가 4개 국어가 가능하단 점이다.

영어, 일본어, 프랑스어, 한국어 네 개의 언어였는데, 영어는 원래 한국에 있을 때 공부를 많이 했고 회화에 익숙지 않았을 뿐 잘했었다. 그런데 이우 공의 몸으로 들어오면서 기억력과 응용력이 좋아져서 본래의 몸인 이지훈으로 있을 때보다 영어를 더 잘하게 된 듯했다.

물론 아직 일본어와 한국어를 제외하면 써 본 적이 없어서 어느 정도일지는 정확히 모르겠으나 대화하는 데에는 전혀 지장이 없을 거 같은 자신감이 있었다.

실제로 일본어도 일본인과 대화하는 데 전혀 지장이 없었다.

배를 타고 나서도 동경까지 가는 데에는 2일이 더 걸렸는데, 시모노세키에 도착한 후 기차로 갈아타 오사카에서 하루를 쉬고 난 후 다시 기차를 타고 하루를 꼬박 달려서야 동경에 도착했다.

비행기로 왔으면 한두 시간이면 도착할 거리를 거의 3일에 걸쳐서야 겨우 올 수 있었다.

이우 공의 일본 집인 운현궁 동경 별저에 도착하니, 오전 11시쯤이었다.

동경 별저 마당에 들어서자 그곳에는 나보다는 머리가 하나가 더 있어 보이는 큰 키에 어깨가 딱 벌어져서 건장한 남성이 나를 기다리고 있었다.

그는 황토색의 일본 육군의 정복을 입고 있었는데, 어깨에는 노란 바탕에 빨간색 가로줄이 두 줄 그어져 있었고, 그 위에 별이 세 개 올라가 있었다.

"휴가는 즐거우셨습니까, 전하."

그는 요시나리 히로무吉成弘라는 이름을 가진 일본인 육군 대위였다. 그는 내가 오자 경례로 인사를 하고 나서 말했다.

그는 이우 왕자보다 두 살이 많은 사람이었는데, 학습원에서부터 육군사관학교까지 같이 나온 친구였다.

일본인을 싫어하고 거침없었던 이우 왕자가 학습원에 같이 다니는 일본 화족(일본의 귀족)의 자녀들에게 위해를 가할까 봐 혹은 반대로 위해를 당할까 봐 궁내성에서 고용한 경호원 겸 감시인이었다.

사실 실질적으로는 위해를 가할 가능성이 훨씬 컸다. 이우 왕자는 학습원을 다닐 때에 이미 공족 위를 가지고 있는 귀족으로서 화족의 자녀들이 어떻게 할 수 있는 수준의 귀족이 아니었다.

그는 일본인이고 시작은 감시인이었으나 20년이 지나면서 인간 이우에게 감명을 받고 감화되었다. 그래서 그는 이우 공을 진짜 친구로 생각하기 시작했고, 이우 공 역시 그를 진짜 친구로 대했다.

그는 이제 고민을 털어놓는 유일한 사람이 되었다. 또한 이우 공의 조선 독립 계획을 알고 있는 유일한 일본인이었다.

"히로무, 너야말로 집에서 잘 쉬다 왔어?"

열한 살 이후로는 항상 같이 있던 사람이다. 이곳에 오고 나서 이우 공의 기억을 계속해서 떠올리고 정리하다 보니, 많은 기억 속에서 그가 있어서 어느 순간 익숙해져 버렸다.

그리고 언젠가부터 만나고 싶어졌다. 그래서 처음 보는 사이인데도 불구하고 아주 익숙하고 반가웠다.

그는 격식을 엄청나게 차리면서 대답했다. 학창 시절에는 이렇게 격식을 차려서 대하는 성격이 아니었는데, 사관학교 예과를 졸업하고 임관을 하자 갑자기 이우 공을 대하는 태도가 달라졌다. 그 후로는 이렇게 깍듯이 대하려고 하지만……

"저는 언제나처럼 같았습니다, 전하."

"지랄하네, 전하는 얼어 죽을. 내가 너 그거 하지 말랬지?"

기억 속의 이우 공과 내가 완전히 빙의된 듯 똑같이 말을 했다. 히로무 역시 익숙한 반응이었는지 나를 무시하고는 내

옆에 있던 찬주에게 인사를 했다.

"공비 전하도 그간 평안하셨습니까?"

"히로무 대위님도 잘 지내신 거 같네요."

"삼촌!"

"우리 조카님도 건강하게 경성을 다녀왔어요?"

"응!"

차에서 늦게 내려서 이제 인사를 하는 히로무를 발견한 이청은 인사를 하는 그에게 뛰어가서 안겼고 히로무는 자연스럽게 이청을 끌어 올려 안았다.

"야! 내 말 무시하냐?"

"대위님, 식사는 하셨나요? 오늘 아침을 너무 가볍게 먹어서 지금 점심을 먹을까 하는데."

"저도 이제 막 동경에 올라오는 길이라……. 주시면 감사하죠."

"그럼 들어가요."

"우리 조카님도 배가 고프겠네요."

"응! 삼촌, 이번에 경성에 갔는데……."

"야, 히로무, 내 말 안 들려! 너 이거 귀족에 대한 불경죄야!"

히로무는 내가 소리치는 게 전혀 안 들리고 관심이 없다는 듯 찬주와 대화를 하면서 별저로 들어가다 내가 소리치자 뒤로 돌아서 말했다.

"전하라고 하지 말라며, 네가 그랬는데 불경죄가 성립이
돼?"

"야! 요시나리 히로무!"

5장

　운현궁의 도쿄 별저는 운현궁에서와는 전혀 다르게 완벽하게 입식 생활이었다. 식사도 생활하는 방으로 하인들이 가지고 와서 밥을 먹었는데, 여기는 식당이 따로 있었다.

　식당에 들어가자 벌써 식사 준비가 되어 있었다.

　"이번 방학 때 뭐 했냐? 지난번에는 눈 때문에 아무것도 못 했다면서."

　"이번에는 눈이 별로 안 와서 동생들이랑 근처 여행도 다녀오고 잘 쉬다 왔어."

　히로무의 고향은 홋카이도北海道 오타루小樽였는데, 홋카이도는 아직 발전이 많이 되지 않았다. 또 겨울이 되면 눈이 많이 와서 도시의 기능이 마비되는 경우도 자주 있었다.

"그런데 대위님은 결혼을 안 하시나요? 이제는 만혼晩婚도 아니고 노혼老婚이에요, 노혼."

히로무는 이제 서른한 살이었다. 미래에서 남자 나이 서른한 살에 결혼하는 건 늦은 게 아니었는데, 지금의 시대에서는 상당히 늦은 편에 속했다.

보통 20대 초반부터 늦어도 스물일고여덟 살 전에는 결혼하는 게 평균적이었는데, 히로무는 결혼을 안 한 상태였다.

"그러게. 넌 왜 결혼을 안 하냐?"

"뭐…… 좋은 사람이 없네."

"제가 사람을 찾아볼게요. 어떤 여성분을 좋아해요?"

히로무는 씁쓸한 웃음을 지으면서 대답했다.

그 뒤로도 찬주는 히로무의 결혼을 주선하려고 히로무에게 이것저것 캐물었다.

청이는 장시간 이동에 피곤했는지 밥을 먹다가 숟가락을 놓고는 잠이 들었다. 찬주는 그런 청이를 챙겨서 방으로 올라갔다.

나와 두 사람만 남자 히로무는 눈빛이 바뀌더니 자신의 품속에서 종이 몇 장을 꺼내어서 나에게 넘겼다.

"지금 중일전쟁 상황이랑 주둔군 최신 정보야."

"지난번에 이야기했던 거?"

"어."

그는 지금 대본영의 육군정보부에서 근무하고 있었다. 원래는 정보부 병과가 아니고 나와 같은 포병 병과였다. 그런데 학생 시절 이우 공이 조선 독립을 위해서 일해 줄 것을 설득했고, 몇 년에 걸친 설득 끝에 지금은 정보부로 병과를 바꾸고 이우 공을 위한 일을 하고 있었다.

궁내성과의 관계도 이우 공의 뜻에 따라서 유지를 하고 있었는데, 이우 공을 감시하는 역할을 하는 척하면서 오히려 궁내성의 내부 정보도 빼내 오고 있었다.

"이제 슬슬 보급이 막히기 시작하는 거 같은데?"

"가장 큰 문제는 석유야. 비축해 놓았던 석유가 3년의 전쟁을 거치면서 이제는 빠듯한 양으로 줄었어. 이 정도로 소모를 계속한다면, 전쟁 수행 가능한 기간이 2년이 최대일 거야."

"전쟁이 너무 장기화되고 있지."

"우리에게는 좋은 소식이야, 계속해서 국력을 소모하는 거니까."

"그만큼 식민지의 사람들도 힘들어지겠지."

"뭐……. 아, 여기 이게 지금 만주군 주둔지 정보. 그리고 내가 우리 군을 양성할 지역을 꼽아 봤어."

히로무는 주머니에서 지도 한 장을 더 꺼내어 나에게 넘겨주면서 말했다.

그 지도에는 지금 만주국에 주둔하고 있는 만주국 육군과 관동군의 주둔지 위치와 병력, 화기 정보가 적혀 있었다.

"고마워."

"별말씀을."

히로무가 식사를 마치고 집으로 돌아가자, 장시간의 이동에 피곤해진 몸을 위해서 쉴 곳을 찾아내려고 기억 속을 뒤졌다.

몸을 쉬게 할 수 있는 곳을 기억해 내는 건 금방이었는데, 그 장소가 문제였다.

이 집의 침실…… 바로 그곳이었다.

운현궁에서는 노락당과 이로당으로 박찬주와 생활공간이 분리되어서 노락당에서 편하게 쉴 수가 있었는데, 동경 별저에는 그런 공간이 없었다.

서양식으로 설계되어 있는 집이어서 서재가 있기는 했으나, 서재는 진짜 서재로 책을 읽을 수 있도록 책상과 의자만 있었다.

하인들이 생활하는 공간을 제외하고는 지금 이 집에 침대가 있는 곳은 이청의 방과 박찬주가 쉬고 있는 부부 침실뿐이었다.

몸이 피곤해 지금 바로 쉬고 싶었다.

망설이느라 방문 앞에서 한참을 서성이다가 뒤를 돌아보니 복도 청소를 하던 하인이 무슨 일인가 하고 쳐다보고 있었다. 더 서성이다가는 진짜 이상하게 볼까 봐 방문을 열고 들어갔다.

방 안에는 박찬주가 침대 위에서 흰색 천으로 된 이불을 덮고 누워서 자고 있었다. 한낮의 강렬한 햇살이 레이스로 되어 있는 커튼 사이를 뚫고 들어와서 자는 박찬주의 얼굴을 비치자 원래도 예쁜 얼굴에 신비로움까지 느껴지게 하였다.

그녀의 얼굴을 보고 있자 내가 있을 공간이 아니라는 느낌이 들어서 조용히 다시 문을 닫고 나와 서재의 의자에 앉아서 쉬었다.

"오라버니, 방에 가서 주무세요. 왜 여기서 엎드려 주무세요."

앉아서 쉬다 보니 많이 피곤했었는지 어느 순간 책상에 엎드려서 잠이 들었나 보다. 박찬주의 목소리가 들려서 일어나니 나의 옆에서 서 있었다.

그녀의 등 뒤 창문을 보니 이미 해가 져서 어둠이 깔려 있었다.

"……몇 시야?"

"8시예요. 저도 피곤했는지 이제 일어났어요. 방에 오라버니가 안 계셔서 어디 있나 했더니, 왜 여기서 주무셨어요?"

"뭐 좀 보느라고. 잠시 본다는 게…… 잠들었나 보네."

"방에서 주무시지, 책상은 불편하잖아요."

"이제 괜찮아."

나의 말에도 걱정이 되었는지 미간에 잡힌 주름이 펴지지 않았다.

"저녁을 드셔야죠?"

그녀의 미간에 주름이 펴지지 않아서 멋쩍게 웃고 있으니 화제를 돌려서 물어 왔다.

"음…… 아냐, 아까 낮에 많이 먹어서 그런지 배는 많이 안 고프네. 일단 좀 씻어야겠다."

"네, 전 청이 저녁 좀 챙겨 주러 갈게요."

책상에 엎드려 자고 일어났더니 온몸이 찌뿌둥하고 찝찝해서 따뜻한 물에 몸을 담그려고 씻으러 갔다.

동경 별저는 운현궁과 다르게 신식 설비들이 다수 들어와 있었는데, 그중에는 보일러도 있었다.

박찬주가 아이를 챙기기 위해서 나가자 난 침실로 들어갔다.

이곳은 침실 안에 욕실이 있었는데, 욕실 안은 내가 알고 있던 여느 아파트의 구조와 별 차이가 없었다.

욕실과 침실 사이에는 파우더 룸처럼 샤워하기 전에 옷을 벗거나, 샤워 후에 몸에 보디 오일 같은 것을 바를 수 있는 공간이 있었다.

욕실 안은 샤워 부스가 있었고 도기로 되어 있는 욕조도 따로 있었다.

겨울이어서 보일러가 계속 작동되고 있는 건지 물을 틀자마자 따뜻한 물이 나왔다. 온종일 피곤했던 게 따뜻한 물이 쏟아지자 몸이 노곤해지면서 풀렸다.

몸이 풀리자 당장 오늘 저녁이 걱정되기 시작했다.

이우 공과 박찬주는 이미 결혼한 지 6년이 지났다. 볼 것 못 볼 것 다 본 사이인데, 이제 와서 당황한다거나 창피해한다면 박찬주 입장에서는 그게 더 황당할 것이다. 하지만 지금의 나에게는 당연히 그럴 가능성도 있었다.

오늘부터는 한 침대를 써야 한다. 경성에서는 독립운동을 위해서 해야 할 일도 많았고, 매번 조선을 갈 때마다 만나야 할 사람들이 많았기에 따로 방을 썼지만 동경에서는 아니었다.

그나마 다행인 것은 아들인 이청이 쓰는 방과 부부 침실이 바로 문으로 연결되어 있어서 밤에도 자주 들어온다는 것이었다.

'아…… 다행이 아닌가?'

한창 샤워를 하고 나서 몸을 닦으려고 보니 수건이 없어 욕실의 문을 열었다. 그곳에는 언제 왔다 갔는지 수건과 갈아입을 옷가지가 있었다. 내가 벗어 놓은 옷들은 이미 가져 갔는지 보이지 않았다.

몸을 닦고 나서 준비된 옷으로 갈아입고 다시 서재로 갔다.

히로무가 주고 간 서류와 경성에서부터 내가 만들어 놓은 일본에 대한 서류 그리고 펜과 종이를 꺼냈다.

히로무가 가지고 온 서류에는 중일전쟁의 경과에 대해서

쓰여 있었다.

처음 일본이 전쟁을 시작할 때에는 대도시들만 대충 점령하고 나면 끝이 나리라 예상했다. 그런데 큰 도시들은 거의 점령이 끝이 났는데, 더는 전진을 하지 못했다.

큰 도시와 도시 사이에 있는 작은 촌락들에 중국공산당이 들어가서 일본인들을 상대로 끈질기게 게릴라전을 펼쳤다. 그렇게 전선이 다각화되자 보급에 문제가 생겨 전방 전선에만 집중할 수 없었다. 그래서 전쟁이 점점 장기화가 되어 가는 중이었다.

그래도 아직은 일본 내의 물가는 안정적이었고 계속 전쟁을 치를 수 있는 상태였다.

그러나 수입해 놓은 지하자원의 소진 속도가 빨랐다.

만주사변과 괴뢰정부인 만주국 건국으로 인해 1차대전 승전국이 주축이 된 연합에서 탈퇴했다.

미일 통상조약은 파기되어 미국과는 선전포고만 하지 않았을 뿐 거의 모든 교류가 끊어져 적성국敵性國으로 봐도 무방한 상태였다.

특히 미국이 가지고 있는 장점 중 하나인 풍부한 지하자원을 일본으로 수출하지 않는 게 전쟁 중인 일본에 큰 타격이었다. 그중에서도 석유, 철광석, 목재의 수출을 완전히 중단한 것이 가장 큰 부분을 차지했다.

그나마 철광석은 한국의 북부 강원도, 함경도 등지에서 채

취할 수 있어서 나은 편이었는데, 석유가 가장 큰 문제였다.

지금의 일본의 상황과 앞으로의 상황에 대해서 종이를 꺼내어 정리했다. 정리하면서 기억 속의 일본의 행동과 지금의 자료 그리고 내 생각을 합쳐서 글을 쓰기 시작했다.

글을 한창 쓰고 있을 때에 찬주가 서재로 와서 안 자느냐고 물었지만 해야 할 일이 있다고 말하고는 돌려보냈다. 찬주와 한방에 가서 자는 일이 꺼려지는 것도 있었지만 실제로 지금 써야 할 서류도 있었다.

일본의 전쟁 방향과 앞으로의 전쟁이 미국과 세계정세에 미치는 영향과 이 상황에서의 미국의 역할에 대해서 적었다.

서류를 적는 것은 시계가 12시를 넘어서까지 계속되었다. 그러다 눈이 너무도 피로함을 느꼈다.

책상의 서랍을 꺼낸 뒤 그 아래에 있는 작은 공간에 서류를 넣었다. 그리고 다시 서랍을 넣어 서류를 숨겼다.

이 장소는 원래 미래에서 사용했었다. 고등학생 시절 몰래 판타지 소설을 읽었는데, 부모님은 그걸 보는 걸 싫어하셨다. 그래서 빌려 온 판타지 책을 숨기던 곳이었다.

혹시 여기의 책상도 가능할까 해서 서랍을 완전히 꺼내니 딱 비슷한 공간이 있었다.

서류를 정리해 놓고 침실의 문을 살짝 열어 보니 침대 위의 박찬주는 이미 잠이 들었는지 어두운 방 안에서 미동도 없었다. 그래서 그녀가 깨지 않도록 조용히 들어가 비어 있는 나의 자리로 가서 누웠다.

경성에선 바닥에 침구를 깔고 자다가 오랜만에 스프링이 들어가 있는 매트리스 침대에 눕자 편안한 느낌이 들었다. 오늘 하루가 많이 피곤했는지 눈을 감고 얼마 되지 않아서 잠에 빠져들었다.

나는 평범한 대학생 이지훈이었다. 평소처럼 수업을 마치고 저녁에 아르바이트를 한 뒤 퇴근을 하는데 친구들이 찾아왔다.

무엇 때문인지는 모르겠으나 내가 주인공이고 무언가 축하하는 파티가 열리는 거 같았다.

친구들과 함께 술집을 가 술을 진탕 마시는데, 갑자기 친구들이 '뽀뽀해! 뽀뽀해!'라면서 소리치기 시작했다.

한참 내가 무슨 일인지 몰라 어리둥절해 있을 때 옆자리의 누군가가 나의 얼굴을 잡아서 돌렸고, 나에게 다가와서 뽀뽀를 했다.

떨어지면서 얼굴을 보니 한가인이 나의 눈앞에 있었다!

무슨 일인지는 모르겠으나 한가인과의 뽀뽀라니! 기분이 좋아서 다시 한 번 하려고 하는데, 갑자기 친구들이 '우와와와와와아아아아!'라고 소리를 지르면서 햄버거놀이를 하듯이 덮치기 시작했다.

가슴이 답답해지면서 숨쉬기가 힘들어지는 거 같았지만 나는 친구들에게 '부럽냐? 부럽냐? 부러우면 너희들도 한가인과 사귀든가!'라고 소리쳤는데, 딱 그 타이밍에서 잠에서 깨어났다.

잠에서 깨어났는데도 나의 가슴에는 답답한 느낌이 들었다. 뭔가 하고 고개를 숙이자 그곳에는 웬 여자의 정수리가 눈에 들어왔다…….

'정수리?'

"꺄!"

순간 너무 놀라 그녀를 밀치면서 침대에서 일어났다. 나에게 밀침을 당해서 침대에서 떨어진 한가인, 아니 박찬주가 눈에 들어왔다.

박찬주가 황당하다는 듯 나를 쳐다보자 나의 무뎌졌던 감각이 깨어나기 시작했고, 방 안의 모습들이 눈에 들어오기 시작하면서 제정신이 들었다.

나는 이지훈이 아니라 이우였고, 앞에 있는 사람은 한가인이 아니라 박찬주였다.

"오빠, 뭐예요!"

단 한 번도 나를 오빠라고 부른 적 없고 항상 오라버니라고 정중히 부르던 박찬주가 큰 목소리로 나를 불렀다.

"어? 아……! 그게……. 아…… 미안. 내가 잠이 덜 깼었나 봐."

　자다가 봉변을 당한 박찬주는 황당하다는 듯 나를 바라봤다. 나는 이 상황이 정말 미안해서 뭐라고 할 말이 없었다.

　우리의 이런 소란에 밖에서 하인의 목소리가 들려왔다. 별일 아니라고 넘기자, 박찬주는 다시 침대에 누웠고 나도 다시 침대로 가서 누웠다.

　잠시의 소동이 지나가자 찬주는 다시 아무 일 없다는 잠이 들었는데, 나는 놀란 가슴이 진정되지 않아 옆에 있는 박찬주의 얼굴을 힐끔힐끔 계속해서 봤다.

　"뭘 그렇게 계속 보세요?"

　나의 힐끔거림을 느꼈는지 박찬주가 물어 왔다. 눈을 감고 있어서 잠이 든 줄 알았더니 아직 잠이 들지 않았나 보다.

　"아냐…… 그냥 예뻐서……."

　말을 하고 나서야 '내가 무슨 말을 한 거지?'라는 생각이 머리를 지나갔다. 이제야 놀란 가슴이 진정되고 있었는데, 평소의 나라면 할 수도 없는 말을 나의 입이 뇌를 배신하고 뱉어 냈다.

　그러자 박찬주가 갑자기 가슴께를 껴안더니 내 옆으로 붙었다.

　"치…… 미안하니까 빈말하는 거 아니에요?"

　"아냐……."

　눈을 감고 말하는 찬주의 얼굴이 꿈속에서의 한가인의 얼굴과 겹쳐서 보였다. 평소 예쁘다는 생각을 하긴 했으나 한 가인을 광적으로 좋아하거나 하지는 않았는데, 내 앞에서 자는 찬주의 얼굴이 너무 예쁘고 사랑스럽게 보였다.

잠이 덜 깨서 그런 것인지 아니면 너무 놀란 가슴이 미친 듯이 뛰어서 정신이 나갔던 건지 모르겠다. 어디서 그런 용기가 났는지 모르겠으나 한참을 눈을 감고 있는 찬주의 얼굴을 물끄러미 보다가 그녀의 입술에 가볍게 뽀뽀를 했다.

그런데 나의 '입술 박치기' 수준의 뽀뽀에 찬주가 호응을 했다. 그녀가 나의 입술을 뚫고 들어왔다. 키스가 처음은 아니어서 나도 눈을 감고 천천히 키스를 느꼈다.

키스하면서 그녀의 등 뒤에 있던 나의 손이 나의 의지와는 상관없이 자기 생각대로 그녀의 등과 허리, 엉덩이까지 내려가기 시작했다.

'손 너 이 짜식! 파이팅!'

"우우, 피곤한데……."

한참을 키스하다 나의 손들이 그녀의 기분을 좋게 해 주었는지 그녀가 나의 귀 옆에다 조용히 말했다.

사실 이미 이우 공의 이런저런 기억들을 뒤지다 부부 관계에 대한 것들도 많이 봤다. 마치 1인칭 주인공 시점의 '야동'을 보는 듯한 느낌을 받았었는데, 그녀가 허락하는 듯한 제스처를 취하자 이성의 둑으로 막고 있던 나의 본능이 둑을 무너뜨리고 나오는 것이 느껴졌다.

나의 손들이 그녀가 입고 있는 옷들을 한 꺼풀 한 꺼풀 벗겨 내자 가늘고 곧게 뻗은 목선과 어깨가 눈에 들어왔다.

　이어서 그녀의 쇄골이 눈에 들어왔다. 그 밑으로는 밀가루를 뿌려 놓은 듯 맑고 투명한 피부로 이루어진 봉긋한 가슴, 잘록한 허리, 가슴 사이즈와 조화를 이루는 엉덩이가 한눈에 들어왔다.

　방 안은 어둠에 잠겨 있었지만, 바깥은 보름달이 떠 있었다. 큰 창문을 통해서 들어오는 달빛이 이제 어둠에서 깨어난 찬주의 아름다운 몸을 비췄다.

　밝은 월광 속 그녀의 몸은 기억 속에서 생각해 왔던 것보다 훨씬 아름답고 예뻤다.

　나는 그런 아름다운 악기를 연주하는 연주자가 되었고, 찬주는 좋은 악기처럼 나의 손이 움직이는 대로 아름다운 선율을 만들어 내었다.

　서투르면 어떡하나 했던 나의 걱정과는 다르게 머리는 다른 사람이 되었어도 몸은 기억을 하는 것인지 나의 본능은 나의 예상을 뛰어넘어서 자연스럽게 그녀와 하나가 될 수 있었다.

　아침 햇살에 눈을 뜨자 언제 샤워를 마쳤는지 머리에는 수건을 두르고 얼굴에 로션을 바르고 있는 찬주의 모습이 눈에 들어왔다. 셔츠 한 장만 걸치고 의자에 앉아서 화장하는 모습이 매우 아름답게 느껴졌다.

"늦었어요. 얼른 씻어야 해요! 어제 갑자기 그러는 바람에 나도 늦게 일어나서…….."

더 누워 있고 싶었으나 찬주의 재촉에 침대에서 일어나 씻으러 들어갔다.

샤워를 한창 하고 있을 때 밖에서 찬주의 목소리가 들렸다.

"오라버니, 다 씻어 가요?"

"어~."

"그럼 전 청이 준비하는 거 보고 올게요."

"알았어."

찬주의 목소리가 멀어지자 얼른 마저 씻고 나와서 외출 준비를 했다.

원래 동경에서는 가족 전체가 움직이는 경우가 잘 없었는데, 오늘은 이청까지 같이 이동을 해야 하는 몇 안 되는 날 중 하나였다.

내가 일본 제국 육군의 정복을 꺼내어 입고 나오자, 청이도 이미 꼬마 정장을 입고 기다리고 있었다. 찬주 역시 하얀색 치마로 된 정장을 입고 가슴에는 보라색의 커다란 꽃 코르사주를 달고 있었다.

엄마가 아침부터 깨워서 심통이 난 이청이 나에게 안겨 왔다. 받아서 안아 주자 나의 어깨에 머리를 묻으면서 칭얼거렸다.

"누가 보면 내가 청이를 괴롭히고 오라버니가 청이를 돌보는 줄 알겠어요."

찬주가 나에게 투정을 부리고 있는 청이를 보면서 말했다.

"아직 어리니까, 아침에 깨워서 그럴 거야."

"누가 밥을 챙겨 주고 뒤처리 다 해 주는데……."

찬주는 차에 탈 때까지 투덜거렸다.

찬주가 투덜거리는 사이에 차는 운현궁 동경 별저를 출발해서 천황이 살고 있는 황거皇居로 향했다.

현재 일본의 심장, 정치적, 문화적 중심으로 가는 중이었다.

차량이 도쿄 한가운데라고는 생각되지 않는 숲을 지나자 돌담을 쌓아서 만든 황궁의 외벽과 해자垓子가 눈에 들어왔다.

큰 해자 가운데로 나 있는 다리를 건너자 단층의 목조건물과 2층의 큰 목조건물이 눈에 들어왔다. 한국의 건축양식과 비슷한 듯하면서도 다른 건축양식이 눈에 띄었다.

우리가 차에서 내리자 내가 오는 걸 미리 알고 있었던 궁내성의 직원이 우리를 맞이했다.

"어서 오십시오, 전하."

"오랜만에 보는군."

궁내성 직원들은 많았다. 이우 공이 다 기억을 하는 것도 아니고 이우 공의 기억을 내가 다시 확인해야 했는데, 내 기억 속에는 없는 인물이라 그냥 인사치레로 말을 건넸다.

그 역시 웃으면서 머리를 숙이는 것으로 대답하고는 나를 안내했다.

그의 안내를 따라서 안으로 들어가자, 성인 남자 두 사람이 안아도 팔이 모자랄 정도로 큰 기둥들이 지붕을 받치고 있는 대전이 한눈에 보였다. 우리는 그 대전을 우회해서 천황이 기다리고 있는 전각으로 들어갔다.

오늘 우리 가족이 이곳에 온 이유는 천황에게 인사를 하기 위해서인데, 공족 이상, 그러니까 황족과 공족은 천황이 있는 지역을 벗어나거나 들어올 때 천황에게 직접 인사를 해야 하는 게 일본 황실의 법도였다. 형식상으로 그랬으나, 실제적으로 온 가족이 같이 황궁을 방문했다.

"폐하, 운현궁 이우 공 내외 들었습니다."

"들라 하라."

안으로 들어가자 쇼와 천황昭和天皇과 그의 부인인 고준 황후香淳皇后가 눈에 들어왔다.

지금 세계에서 국력으로는 Top 5 안에 들어가는 국가의 수장이다.

크지 않은 키에 운동을 하지 않은 것인지 깡마른 몸과 왜소한 어깨는 그가 진정 천황인지 의문을 품게 하였지만, 작은 체구에서 나오는 기운은 분명 절대자의 그것과 비슷했다.

일본에 오고 나서 느낀 것은 이곳 사람들은 전체적으로 키가 작다는 것이었다. 지금 이우의 키가 내가 느끼기에 160센 티 정도—그 아래로는 자존심 때문이라도 못 내리겠다— 되 었다. 경성에 있을 때는 주위 사람들이 평균적으로 170은 되 어 보여 키가 작은 편이었는데, 일본에 넘어오니 키가 그리 작지 않고 평균적인 키로 느껴질 정도였다. 나보다 더 작은 사람들도 심심찮게 보였다.

히로히토裕仁(쇼와 천황의 이름) 역시 나와 키가 비슷하거나 약 간 작은 정도인 거 같았다.

들어가서 고개를 숙이면서 인사를 했다. 그 인사를 하는 것에 나는 아무 느낌도 없다고 생각을 했는데, 가슴 깊이에 서 분노가 치밀어 올랐다. 이것이 나의 감정인지 아니면 이 우 공의 몸이 반응하는 것인지는 알 수가 없었다.

"대일본 제국 공족 이우, 천황 폐하께 문후 올리옵니다."

기억하고 있는 일본식 예법에 따라서 인사를 하자 나를 따 라 들어온 찬주도 따라서 인사를 했다.

아들인 이청도 분위기가 심상치 않음을 느낀 것인지 아니 면 긴장을 한 것인지 조용히 나를 따라 인사를 하고 다른 행 동은 일절 하지 않았다.

"이우 공은 오랜만에 보는 것 같아."

"죄송합니다, 폐하. 신년하례회新年賀禮會 이후 조선에 계 시는 어머니가 너무 적적해하셔서 잠시 조선에 다녀왔습 니다."

"그래, 부모님은 살아 계실 때 잘 챙겨야지. 지내는 데는 불편함이 없는가?"

"네, 폐하께서 걱정해 주셔서 아무런 어려움이 없이 잘 지내고 있습니다."

"하하, 이제는 마음에 없는 말도 할 줄 아네. 그래, 그래야지. 그래야 목숨을 부지하지, 안 그런가?"

히로히토는 웃으면서 말했지만, 그 내용은 아주 무거운 것이었고 철렁하는 기분이었다. 마치 칼날이 나를 베고 지나가는 느낌이 들었다.

"황공하옵니다, 폐하."

"그래, 황공해야지. 그래도 말이야, 원래의 네가 더 좋았다. 쥐새끼처럼 겁에 질려서 나를 쳐다보는 다른 왕공족과는 다르게 너의 눈빛은 살아 있으니까. 이거, 내가 너무 몰아붙인 건가? 하하, 그래도 앞으로 이렇게 마음을 잘 숨겨. 그리고 숨기려면 말이야, 눈빛도 숨기라고. 하하, 재미있어, 으하하!"

히로히토는 전각이 떠나가라 웃어 젖혔다. 아무래도 내가 나도 모르는 사이 그를 노려보고 있었던 것 같았다. 다행히 천황은 마냥 재미있다는 반응만 보이고 나에게 화를 내거나 기분이 언짢아하거나 하지는 않았다.

한참 웃고 나서 천황은 공격적인 말은 하지 않았고, 나에게 덕담 아닌 덕담을 몇 마디 해 주었다. 황후도 찬주와 청이에게 이런저런 덕담을 건넸다.

청이도 분위기 파악을 잘했는지 조용히 천황과 황후의 말을 얌전히 서서 들었다.

그 뒤로 별다른 사고 없이 집으로 돌아올 수 있었다.

천황을 만나고 난 후 집으로 돌아와서 어제 정리를 하던 책을 다시 작성하고 있을 때 문에서 노크 소리가 들렸다.

"네."

"전하, 시월입니다."

문 뒤에서 시월이의 목소리가 들려와 작성하고 있던 서류를 잠시 서랍 안으로 넣었다.

"들어오너라."

시월이는 안으로 들어오더니 자신의 품속에서 서신 두 장을 건네었다.

서신을 받은 후 그녀에게 내가 다시 한 장의 서신을 넘겨주었다. 그러자 그녀는 방금 서신을 꺼낸 위치에 다시 집어넣었다.

"그 서신은 낙선재로 보내는 것이니라."

"네, 낙선재로 보내도록 하겠습니다."

시월이는 대답한 뒤 인사를 하고는 밖으로 다시 나갔다.

그녀에게 준 서신은 대비마마에게 보내는 것이었는데, 대비마마의 오라버니 윤홍섭이 일본으로 올 수 있게 전해 달라는 서신이었다.

내가 직접 미국을 갈 수가 없으니 내 측근 중에서 영어를 잘하고 미국으로 직접 가서 나의 손발이 되어 줄 사람이 필요했는데, 그 적임자로 선택한 것이 윤홍섭이었다.

그는 미국에서 대학교와 대학원을 나왔고, 국제정치와 비교 헌법을 공부했으며, 아메리칸대학교에서 박사 학위를 취득했다. 내가 하려고 하는 일에 딱 적임자인 사람이었다.

이것을 조금 더 일찍 알았다면 조선에서 바로 이야기했으면 되었는데, 아쉽게도 일본에 도착 후 기차를 타고 오며 기억에서 떠올려서 지금이라도 편지를 보냈다.

시월이가 나가고 나서 그녀가 가지고 온 편지를 보았다. 하나는 지금 중경에 있는 성재 이시영 선생에게서 온 것이었고, 다른 하나는 친아버지인 이강에게서 온 편지였다.

먼저 이시영에게서 온 편지를 꺼내 들었다.

전하, 보내 주신 편지는 감사하게 읽었습니다.

편지에 적으신 대로 전제군주국이 아닌 입헌군주국으로의 전환은 저 역시 동의합니다.

전하의 말씀대로 가장 중요한 것은 민중의 삶이 편해지는 것입니다.

저 역시 대한제국의 신하이고, 사람입니다. 어찌 두 나라를 섬길 수 있겠습니까. 전하께서 직접 그 백성들을 위해서 민주주의를 하시려는 것에 감읍感泣하였습니다.

또한 전하가 하시는 지금의 독립군에 대한 우려도 이해를 하고 있습니다.

하지만 저 중화민국도 일본이라는 거대한 적과 맞서기 위해서 공산당과 손을 잡고 함께 싸우고 있습니다. 지금도 같은 상황이라고 생각합니다.

물론 후에 어느 정도 억제할 힘을 길러야겠지만 ……중략…… 앞으로 독립운동을 하는 데에 있어서 전하의 뜻과 함께할 것이며, 또한 만주의 곽재우와도 협력하도록 하겠습니다.

省齋 李始榮

이시영 선생은 원래 조선 왕가에 대해서 비판적인 입장이 아니라 협조적인 입장인 사람이었다. 그의 편지의 내용을 보니 앞으로 나와 함께하겠다는 뜻이었다. 다행히 별다른 어려움이 없이 같이 갈 수 있을 것 같았다.

이시영의 편지를 접어 두고 아버지 이강이 보낸 편지를 보니 작은 쪽지였는데, 반으로 접혀 있던 쪽지를 펼치니 그곳에는 한 줄의 문장이 쓰여 있었다.

東京 銀座 夢 戌時(동경 은좌 몽 술시).

내가 해석한 바로는 도쿄 긴자에서 몽양 선생을 술시에 만나라는 거 같았다.

그런데 긴자를 거리 이름으로 알고 있는데 어디인지 정확히 알 수가 없었다. 이우 공의 기억을 이용해 해석하니 꿈 몽자는 유메夢라는 요정을 뜻하는 말이었다. 중의적 표현으로 쓰신 거 같은데, 몽양 선생의 몽이 될 수도 있고 요정의 이름인 유메가 될 수도 있는 것이다.

아버지의 도움으로 몽양 선생과의 약속도 잡았고, 술시인 저녁 7~9시는 아직 멀어서 책을 정리했다.

6장

찬주에게는 미리 말을 해 놓고 서재에서 서류를 보다가 책상 위에 올려놓은 회중시계를 보니 시침이 Ⅴ를 지나고 분침이 Ⅵ를 향해서 가고 있었다. 얼른 서류들을 정리하고 일어났다.

서재 문이 열리는 소리에 찬주가 나를 따라나섰고, 시월이는 뛰어나가서 차량을 준비했다.

"식사는 하시고 오시는 건가요?"

"응, 그럴 것 같아. 그러니까 나 신경 쓰지 마."

"네, 조심해서 다녀오세요."

찬주는 자신이 들고 있던 외투를 나에게 입혀 주었다.

입구에 가니 이미 기사가 차를 준비하고 있었다.

처음 이 시대 차를 탔을 때에는 적응을 못 해서 멀미도 심하게 했는데, 사람은 적응의 동물이라고 이 차에도 점점 적응해 갔다.

20분 정도 차를 타고 가니 목조 주택에 기와를 올린, 대문이 한옥과는 비슷한 듯하면서도 다른 큰 문을 가진 집 앞에 차량이 섰다.

운전기사가 문을 열어 주었다. 차에서 내리자 운전기사는 인사를 하고 차를 타고 돌아갔다.

내가 문을 열고 작은 마당을 지나서 건물 안으로 들어서자 마담으로 보이는, 기모노를 차려입고 곱게 회장을 한 여인을 필두로 네 명의 여인이 무릎을 꿇고 인사를 해 왔다.

"いらっしゃいませ."

"いらっしゃいませ."

한 사람이 선창하자 뒤쪽의 사람들도 따라서 인사를 했다.

"어서 오세요. 예약은 하셨나요?"

"아니."

'혹시 아버지나 몽양 선생이 나 모르게 예약을 했나?' 하고 순간 생각을 했지만, 예약을 했다면 분명 말을 해 주었을 것 같아 그냥 내가 알고 있는 사실대로 대답했다.

"그럼 이쪽으로 안내해 드릴게요."

마담은 인원이나 이런 걸 물어보지 않고 나를 한쪽의 방으로 안내했다.

그녀를 따라 들어가자 담백하게 꾸며져 있는 다다미방이 나왔다. 내가 자리에 앉자 마담이 무릎을 꿇으면서 말해 왔다.

"어서 오십시오, 이우 공 전하. 입구에서는 보는 눈이 많아 격식에 맞춰서 맞이하지 못해 죄송합니다."

"날 알고 있는가?"

분명 이우 공의 기억 속에는 이곳에 와 본 적이 없었다. 그런데 이곳의 여주인은 마치 날 안다는 듯 내 이름을 부르면서 인사해 왔다.

"몽양 선생님에게 들어서 알고 있습니다. 눈에 띄실 정도로 수려한 외모만 봐도 알 수 있었습니다."

그녀의 말에 칭찬이기는 하지만 오글거리는 느낌이 들어서 온몸이 간질거렸으나 표현을 하지는 않았다.

"그럼…… 몽양 선생은 언제 만날 수 있는 건가?"

"여기서 잠시 기다리시면 음식이 나오고 나서 제가 다시 안내해 드리겠습니다."

그녀가 인사를 하고 나가고 얼마 지나지 않아서 음식이 한 상 가득 차서 올라왔다.

음식이 테이블을 어느 정도 채워서 이걸 먹고 있어야 하나 고민할 때에 마담이 들어왔다.

"이쪽으로 오시지요."

그녀가 한쪽에 도자기가 올려져 있던 탁자를 도자기와 함께 치우고는 마치 벽을 뜯어내듯이 들어내자 벽 뒤로 작은 통로가 하나 보였다.

"이리로 들어가시면 몽양 선생님이 기다리고 있을 겁니다. 그동안 이쪽 방에는 아무도 안 들어올 터이니 걱정하지 마시고 이야기하시면 됩니다."

그녀의 말대로 그 통로를 지나자 병풍이 눈에 들어오고 또 다른 방이 나왔다. 아까의 방보다는 훨씬 화려하게 꾸며져 있는, 이우 공의 기억 속 요정과 비슷한 수준의 방이었다.

그리고 그 가운데에는 TV에서 주로 회장님 역할이나 박사님 역할을 많이 하셨던 탤런트 윤주상 씨와 정말 비슷하게 생긴 사람이 앉아 있었다.

살짝 벗어진 머리와 콧수염이 돋보이는 인상이었는데, 내 기억 속 탤런트와 너무나도 닮은 느낌이었다.

내가 병풍을 돌아서 방 안으로 들어오자 몽양 선생은 자리에서 일어나면서 나에게 인사를 했다.

그 인사는 왕실의 법도에 따른 것이 아니라 그냥 일어나서 고개를 숙이는 정도였다. 나 역시 고개를 숙여서 인사를 하는 것으로 그에 화답했다.

"처음 뵙겠습니다, 이우입니다."

그에게 내 신분을 강요할 것도 없고, 그냥 독립을 위한 동지로서 그가 필요했다. 그래서 신분에 대한 말 없이 인사만 했다.

"처음 뵙겠습니다. 몽양 여운형이라고 합니다."

"이야기 많이 들었습니다, 몽양 선생님."

"감사합니다. 그리고 몽양이면 충분합니다. 일단 자리에 앉으시죠."

그의 말에 함께 자리에 앉았다. 자리에 앉고 나자 질그릇 주전자에 들어 있는 차를 잔에 부어 주었다.

"제가 아무래도 일본 애들에게 주목을 받는 상태라……. 불편하게 했습니다. 제가 여기 있는 걸 아는 사람도, 또 우리가 이렇게 만나는 걸 아는 사람도 여기 마담뿐입니다. 그러니 걱정하지 않으셔도 됩니다."

"조심하시는군요."

"신중해서 나쁠 건 없다고 생각합니다."

그는 나의 말에 미소를 띠더니 답했다. 말투는 정중했으나, 말속에 칼이 숨겨져 있는 느낌이었다.

"그런데 조선에 계실 줄 알았더니, 어떻게 동경에 계시는 건가요?"

"한낱 한량이고, 하릴없는 백수라 시간이 남아 잠시 동경에 놀러 왔을 뿐입니다."

무언가 숨기는 게 있어 보이긴 했지만, 굳이 파고들어서 분위기를 안 좋게 만들 필요는 없을 것 같아 나 역시 그냥 웃었다. 그리고 여기서 파고들어 봐야 뭐가 나올 것 같지도 않았다.

"그렇군요."

몽양은 태평스럽게 뜨거운 찻물을 식히기 위해서 입으로 한번 불어 마시고는 말했다.

"그런데 의친왕 전하께서 말씀하시길, 저를 만나고자 청하다고요."

"그랬죠."

"저 같은 한량을 어떤 이유에서 만나고자 하셨는지 궁금하군요."

"몽양께서는 이 전쟁이 어떻게 되리라 보십니까?"

대화가 자꾸 그에게 이끌려 가는 것 같아서 다른 주제를 꺼내었는데, 그의 눈빛에 순간 이채異彩가 서렸다 사라졌다. 이어 그가 말했다.

"전쟁이라……. 낮에도 이 말을 들었었는데, 지금 또 듣게 되는군요. 전 군사 전문가가 아니기 때문에 정확히는 알지 못합니다."

말을 하며 중간에 잠시 무언가 생각을 하는 것 같더니 자조적인 웃음이 얼굴에 떠올랐다. 낮에 들었다는 그 말이 누구에게서 어떤 이유로 나왔는지 궁금했으나 필요하다면 그가 말을 할 거라 생각하고 묻지 않고 말했다.

"군사 전문가는 아니시지만 신문사 사장까지 하셨고, 각종 협회의 대표를 하시는 걸 보면 정치적 역량은 충분하시죠. 그 정도 식견이라면 보이실 테죠?"

"세계 최강국 중 한 곳인 일본입니다. 전황이 잠시 길어진다고는 하나 이기지 않겠습니까?”

그는 대답하면서 빙그레 웃음을 지었다. 말은 일본이 이긴
다고 했지만 그의 몸짓은 하는 말과 반대되는 느낌이었다.

“정말로 그렇게 생각하시나요?”

“공께서는 일본의 귀족이시면서, 마치 일본이 질 것이라
고 말하시는 거 같군요.”

웃음, 이때까지 만난 사람 중에서 가장 파악할 수가 없는
사람이었다.

나를 나무라는 듯한 그의 말투를 들으니 가슴속에 능구렁
이가 수백 마리는 사는 것 같았다. 그는 이미 내가 무슨 말을
할지 충분히 짐작하고 있는 상태였다.

나와 만나는 것을 이렇게 조심하는 것을 보면, 나를 지켜
주기 위한 것으로 생각되었다. 그런데도 나와 대화를 할 때
는 짐짓 모른 척을 했다. 또한 나를 마치 자신보다 상전을 대
하듯이 해 나로 하여금 혼란스럽게 만들었다.

‘나와 손을 잡을 사람인가 아닌가? 혹 그가 일본과 연관이
있는 사람은 아닐까?’

후대의 평가와 자료 들만으로 그에 대해서 파악하는 게 부
족했는지도 모르겠다.

이우 공의 기억과 미래 이지훈의 기억을 합쳐서 생각해도
그는 일본과 관련이 없는 인물이지만, 오히려 대한민국의 독
립을 주장했던 사람이지만, 혹여 그가 지독한 기회주의자였

다고 생각하면 또 다르게 볼 수도 있다.

여운형을 보면서 '내가 미래에서 와서 모든 걸 알고 있다는 듯 너무 자만했구나.'라는 생각을 했다.

"내가 원해서 된 귀족이 아닙니다, 왕가의 후손으로서 치욕스러울 뿐."

그에게 어쭙잖게 정치가를 따라 하면서 돌려 말했다가는 내가 잡아먹힐 것 같은 느낌이 들어서 그냥 곧장 가기로 마음먹고 답했다.

"그런 말씀은 지금 세상에서는 굉장히 위험합니다."

"사내대장부로 태어났으면, 마음에 들지 않는 세상은 뒤집어엎어서 새로운 세상을 만들어야죠."

몽양은 잠시 생각을 하는지, 아니면 나의 말에 놀란 것인지 자신의 앞에 있던 찻잔을 급히 들어서 차를 마셨다.

내가 보기에는 자신의 표정을 숨기기 위해서 찻잔을 들어올린 거 같았다. 그에게서 이야기의 주도권을 가져온 느낌이 들어서 말을 끊지 않고 계속해서 했다.

"몽양 선생도 아버지에게 나에 대해서 어느 정도 들으셨을 테지요. 그런데도 나를 만나는 데 이렇게 조심하는 것을 보면 나와 같은 생각을 하는 것 같은데 표현을 하지 않으시는군요. 분명 아버지께선 이런 성격이 아니라고 말씀하셨는데, 제가 잘못 알았나 보네요. 이런 식으로 농담 따먹기나 할 것 같으면 내 다른 사람을 찾아보아야겠네요."

주도권을 뺏어 왔다고 생각을 하고 조금 강하게 밀어붙였다. 그런데 그가 아무런 반응이 보이지 않아서 작전이 실패인가라고 생각해 자리에서 일어나려고 했다. 그때 그가 갑자기 일어나더니 무릎을 꿇고 나에게 절을 하였다.

"전하께 큰 결례를 범했습니다. 사실은 선대 폐하의 직계이신 영친왕(의민태자 이은, 순종의 직계) 전하를 만나 새로운 세상을 만드는 것에 동참을 부탁했으나, 오히려 그 제안을 하였던 저의 친우가 불경하다 하여 옥살이를 하였습니다. 그래서 의친왕 전하에게 말은 전해 들었지만, 불안한 마음에 감히 전하를 시험하였나이다. 부디 넓은 마음으로 용서하소서."

벼랑 끝까지 몰려서 이제는 일어나야겠다고 생각한 순간 갑자기 몽양의 태도가 바뀌었다.

숨통이 확 트이는 느낌이 들었다. 새로운 세상을 만들려고 했다는 그 한마디가 나의 마음을 놓이게 하였다. 그의 말을 들으니 그를 의심했던 내가 더욱 미안해지는 상황이 되었다.

그는 능구렁이를 키우는 그런 사람이 아니었다. 단지 내가 이렇게 만나러 온 게, 아버지에게 듣기는 했으나 정녕 나의 진심인지 알기 위해서 잠시 조심하는 태도를 보였을 뿐이다.

"아니에요, 일단 앉으세요."

그가 자세를 고쳐 잡자 내가 말을 이었다.

"이왕李王 전하께 말씀을 올렸다고요?"

"네, 그랬었습니다. 몇 해 전에 독립을 위한 모임을 결성하면서 이은 전하를 한번 찾아간 일이 있었습니다."

"그런데 거절을 당했다?"

"거절만 당한 것이 아니라 제안을 하러 갔던 제 친우도 고발하셔서 옥살이하였습니다."

영친왕 이은은 독립에 대해서 상당히 부정적인 생각인 것 같았다. 하지만 그가 그런 제안을 한 사람을 고발하여서 옥살이를 시켰다는 것은 조금 충격적인 이야기였다.

조선의 왕족으로서 독립에 힘을 써야 할 사람이 도와주지는 못할망정 고춧가루를 뿌리다니.

"저를 충분히 조심하고 시험할 만하셨군요."

"처음에 의친왕 전하께서 말씀하셨을 때 의심이 많았던 것이 사실입니다. 하지만 지금 전하를 뵈니 그런 의심이 제 기우였던 걸 느꼈습니다."

"그렇다면 다행이군요. 전 지금 대한국의 독립을 생각하고 있어요. 그리고 그 독립을 같이 준비할 사람들을 모으는 중이고요."

"저 역시 조국의 독립을 누구보다도 바라고 있는 사람입니다."

"좋군요."

"그나마 여기까지 할 수 있었던 것은 의친왕 전하의 도움이 있었기 때문입니다. 그분이 적자로 지목하신 전하가 저희와 함께 독립을 위해서 노력하여 주신다면, 더 바랄 게 없습니다, 전하."

"좋습니다. 독립에 대한 생각은 같군요. 이걸 한번 읽어 보세요."

그에게 말을 하고 주머니 속에 있던 종이 한 장을 그에게 건넸다. 독립 준비를 앞으로 어떻게 진행할 것이고, 독립 이후의 국가 수립에 대한 나의 생각 등도 정리해 놓은 것이었다. 성재 이시영에게 보냈던 편지와 비슷한 내용을 담고 있었다.

"벌써 많은 생각과 준비를 하신 것 같군요."

내가 준 종이를 다 읽어 본 몽양 선생이 나를 보면서 말했다.

"이런 세상에 손 놓고 있는 게 이상한 거 아닐까요?"

"민족 반역자들과 일부 왕족들은 지금의 생활에 만족하고 있죠. 아니, 민족 반역자들은 이런 세상이 계속되기를 바라고 있을 겁니다. 그리고 대다수 대중은 이놈이나 저놈이나 수탈하는 건 똑같다고 생각하고, 독립 자체에 대해서 관심이 없는 경우가 많습니다."

여운형은 주먹을 꽉 쥐면서 격앙된 목소리로 말했다.

예전 어디선가 보았던 말이 떠올랐다.

나라가 적국에 점령을 당하면 세 가지의 종류로 사람이 나뉜다.

협조, 점령국에 협조하여서 자신의 이익을 챙기는 사람들.

반기, 점령국에 대해서 반정부 저항운동을 하는 사람들.

관망, 대중 대다수는 협조도 저항도 아닌 관망을 하다 대세에 순응한다.

　지금의 조선 역시 똑같은 과정을 거쳤다. 초기에는 저항을 하는 독립운동가들에게 대중이 공감하는 게 더 컸는데, 그 저항이 무기력하게 실패한 기간이 길어지다 보니 이제는 대중의 대세가 순응으로 넘어간 상태였다.

　"그만큼 왕실이 신뢰를 잃었다는 뜻이겠지요. 저 역시 이런 사태가 된 데에는 왕실의 잘못이 크다는 거에 동의해요. 하지만 지금의 독립군은 구심점이 필요합니다. 이념적으로 너무나도 큰 간극이 생겼고, 지원받는 국가도 서로 나뉘었어요. 이대로라면 독립 전쟁이 끝나고 우리가 독립해도 우리 독립군끼리 다시 싸우게 될 것이 자명해요. 만약 그 독립을 자주독립이 아니고 강대국의 도움으로 하게 된다면 더욱 큰 일이고요."

　"저 역시 이우 전하의 말씀에 동의합니다. 분명 지금의 독립군은 너무나도 많은 세력이 난립하고 있습니다."

　"그래서 저는 서류에서처럼 그 구심점을 왕실로 삼으려고 합니다. 아무리 지식인에게 외면받는다고 하나, 아직 왕실은 대중적 인지도와 인기가 있습니다."

　"그러나 왕실은 독립군으로부턴 인기가 전혀 없죠."

　"그러니 몽양 선생이 필요하다는 것입니다. 지금 중경의 성재 선생이 우리를 위해서 은밀히 움직이는 중입니다."

　"성재 선생님요! 아……. 하긴 그분은 원래 왕실과의 관계

가 원만하셨죠. 대한제국에서 관리도 하셨던 걸로 기억하
니……."

이시영은 대한제국 시절 그냥 말단 관리가 아니라 승정원
도승지(현대의 대통령 비서실장과 같음), 궁내부 수석참의(현대의 차관
급)까지 지낸 상당히 고위 관료 출신의 사람이었다.

"그런데 이 말씀을 제가 의친왕 전하에게 한번 드린 적이
있습니다. 물론 임정 망명에 실패하신 후, 조선에서 드렸었
습니다. 그때 의친왕 전하께서는 부정적으로 말씀하셨죠."

"저 역시 아버지의 답변을 알 거 같네요. 자신은 왕실의
직계로서 망국의 책임이 있는 사람이다. 그러니 전면에 나서
서 독립운동을 하게 되면 새로운 나라에 관여할 수 있으므로
전면에 나설 수 없다."

이것은 의친왕 이강이 습관적으로 항상 하는 말이었다

"네, 의친왕 전하께서는 정확히 그렇게 말씀하셨습니다.
몇 번을 설득했으나 안 됐습니다. 그런데 그런 전하가 이우
전하를 도와 달라고 편지를 보내셨습니다. 전하, 전하께서는
여기 글에 적혀 있는 대로, 정녕 독립운동의 중심에 서 주실
수 있나요? 많은 것들을 잃을 수도 있고, 많은 수모를 당하
실 수도 있습니다."

"수모랄 게 있나요? 지금 망국의 왕족으로 이런 생활을 하
는 것 자체가 수모고 치욕인데요. 그럼 제가 몽양 선생께 묻
겠습니다. 저는 제가 주도하는 독립운동을 하려고 합니다. 제

가 하려고 하는 독립운동을 도와주신다면, 저의 동지로서 같이 노력할 것입니다. 전 독립을 위해서 한시적으로 손을 잡는 건 의미가 없다고 생각합니다. 독립 후 다른 세력을 끌어들여서 또 다른 식민지가 될 수도 있습니다. 그러니 저와 함께 끝까지 새로운 세상을 만들기 위해서 노력해 주시겠습니까?"

"그럼 제가 한 가지 질문을 드리겠습니다. 독립하신 후 입헌군주제를 바탕으로 의원내각제를 하는 대의 민주주의국가를 세우자고 하셨죠. 국민이 모든 권력의 중심이라고 이야기하셨습니다. 또 그 국민에게 최소한 인간으로서 살아가는 데 필요한 것을 국가가 나서서 도움을 주는 복지국가를 만들자고 이야기하셨습니다. 그런데 이게 실제로 가능한 것인가요? 국가가 나서서 경제에 깊숙이 관여하는 것은 사회주의가 아닌가요? 이 글대로라면 마치 사회주의와 민주주의의 장점만을 합쳐 놓은 말장난에 불과한 것 같네요. 실현 가능성이 있는 것인지 솔직히 의문이 갑니다."

아직 사회민주주의의 개념이 적은 상태이고, 현대에서는 북유럽 모델로 대표되는 사회민주주의의 성공 모델도 전무한 시대다.

물론 내가 작은 경제학을 공부하면서 배웠던 북유럽의 모델을 가져와 한국 사정에 맞게 고친 것이다.

한국은 북유럽처럼 인구밀도가 낮지 않고, 또 석유라는 자금줄을 가지고 있는 것도 아니었다. 그래서 어느 정도 수정이 필요했다.

이 시대의 사람들은 사회주의국가는 모든 사람이 함께 일을 해서 함께 나누는 국민을 위한 나라라고 생각했다. 또 자유민주주의는 모든 사람에게 행복을 추구할 권리와 자유가 주어지지만, 단점은 자유민주주의의 경제모델이 애덤 스미스의 국부론으로 대변되는 자유방임주의自由放任主義인지라 대지주로 대변되는 부자들만 살기 좋은 나라라는 고정관념이 있었다.

그나마 미국이 1930년 뉴딜 정책을 바탕으로 자유방임주의에서 수정자본주의로의 시작을 했지만, 아직 연구도 부족하고 케인즈 이론에 대한 홍보도 부족한 상태였다. 물론 아직 미국이 케인즈 이론에 의한 정부의 적극적 개입의 폐해인 스태그플레이션을 겪지 않은 상황이기도 했다.

그러므로 내가 생각을 하는 사회민주주의 국가를 이상하게 보는 것도 무리는 아니었다. 그들이 보기에 이것은 자유민주주의 국가라기보다는 사회주의국가에 가까울 것이다.

그래서 이 시대의 민주주의를 추구하는 사람이 보면 말도 안 되는 이야기였다. 거기다 이름까지 사회민주주의라니, 사회주의도 민주주의도 아닌 둘 다 섞어 놓은 느낌이 들 수 있어서, 서류에는 이름을 민주주의 복지국가라고 적었다.

"그렇게 보일 수도 있겠군요. 하지만 이건 엄연한 사실입니다. 간단하게 말씀을 드리면, 정부는 국민이 뽑아서 만드는 민주주의국가이고 경제구조 역시 자유방임주의를 기초로 합니다. 하지만 자유방임주의는 너무나 많은 부가 한 곳으로 몰리거나, 그 몰린 부로 인해서 한 곳에서는 그 부가 다 빠져 나가 아무것도 남지 않아 사람이 살 수 없을 정도로 가난에 허덕이는 지경이 되어도 국가가 통제할 수 없습니다. 하지만 제가 생각하는 나라는 그런 부분에서 국가가 조금 더 깊숙이 관여해서 한 곳으로 너무 편중된 부를 재분배하겠다는 겁니다. 국민이 최소한 인간의 존엄성을 훼손하지 않고 생활할 수 있는 수준으로요. 물론 아직은 새로운 경제형태이고 입증 된 것은 없습니다. 시행착오를 겪기는 하겠지만, 지금의 민 주주의의 문제와 사회주의의 문제를 극복할 수 있을 거라고 생각합니다."

"이미 전하께서는 많은 생각을 하신 거 같군요. 어떻게 이 렇게 넓은 식견을 가지고 깊은 생각을 하셨는지……."

몽양 여운형은 나의 긴 설명에 놀랐다는 표정을 얼굴에 띠 고 나를 봤다.

"이 공족이라는 자리가 좋은 게, 남들보다 개인 시간도 많고 배를 곯지 않으며, 원하는 책은 다 구해서 볼 수가 있다는 겁 니다. 그런 많은 책을 읽다 보면 세계가 한눈에 보이더군요."

거짓말이다. 그를 내 편으로 끌어들이기 위해서 그럴듯하 게 말을 했지만 이런 지식은 내가 미래에 있을 때 대학교 4 학년까지 다니면서 경제학과에서 교과 공부를 했기에 얻을 수 있었다.

배울 때는 어렵고 짜증이 나고 공부하기가 싫었는데, 이곳에 와서는 미래의 기억 중에 쓸모 있고 중요한 기억으로 분류되었다. 혹시 잊어버릴까 이미 몇 권의 책으로 정리를 해놓은 상태였다.

"편하신가 보네요."

그는 내가 처해 있는 상황을 다 알고 있었기 때문인지, 짓궂은 웃음을 지으면서 말했다.

"그렇죠……. 어떻게, 저와 함께하시겠습니까? 아니면 시간이 더 필요하신가요?"

긴 이야기를 하다 보니 저녁을 먹지 않고 나온 탓에 배 속에서 배가 고프다고 난리가 났다. 그래서 이야기를 끝내고 싶어 몽양에게 서둘러 말을 했다.

"아니요, 사실 왕실의 적통이신 이우 왕자님과 함께하라고 의친왕 전하께 언질을 받았을 때부터 같이해야겠다고 마음은 먹었습니다. 단지 이렇게 미래에 대한 계획을 자세하게 가지고 계신지 몰라, 놀라서 이것저것 물었을 뿐입니다."

"감사합니다……. 글을 보셔서 아시겠지만 전 독립이 끝이 나면 왕실을 재건할 겁니다. 물론 옛날과 같은 전제주의 국가로서의 왕실이 아니라, 왕실 역시 헌법 아래에 있으면서 국민을 위해서 노력할 것입니다. 이 부분에 대해서 동의하십니까?"

"동의합니다."

"그럼 저와 함께 대업을 이루시겠습니까?"

"대업이라……. 꼭 그 옛날 삼봉 정도전과 태조 대왕의 만남 때에 이런 말을 하지 않았을까 하는 생각이 드는군요."

"하하, 제가 태조 대왕이라고 해도 전 몽양 선생에게 재상 같은 직책을 쥐여 줄 수 없습니다. 제가 생각하는 국가에서 권력은 몽양 선생이 국민에게 선택을 받아야지 손에 쥘 수가 있습니다."

"네? 하하하하하, 전하 역시 태조 대왕 같은 무소불위의 권력을 손에 넣으실 수는 없습니다. 전하가 생각하시고 우리가 꿈꾸는 세상에서 왕족은 명예를 누리는 자리이지 실권을 가지는 자리가 아니니까요."

"그럴 생각도 없습니다. 자…… 그럼 이제 식사를 해 볼까요? 요정에 온다고 저녁도 안 먹고 나왔는데, 배가 고프군요."

"네? 아, 알겠습니다. 제가 나가서 마담에게 식사를 새로 차려 올리라고 하겠습니다."

"아니, 저쪽 방에 음식들이 있었는데, 그걸 먹지 않고요?"

"그건 이미 음식들을 정리해서 거지들에게 던져 주었을 겁니다. 그곳에서 사람이 식사했다는 흔적만 남기고요."

그의 말을 듣자 이해가 되었다. 이미 그 방을 이용하여서 나의 알리바이를 만들어 놓은 것이다.

이 요정 안에서 일하는 사람들에게 내가 그 방에서 혼자 식사를 했다고 생각하게끔 만든 거 같았다.

"치밀하시군요."

이런 사소한 행동 하나하나에 그의 성격이 묻어 나오는 느낌이었다.

"외유내강外柔內剛이 되어야지 이 세상을 살 수 있었습니다. 그럼 잠시만 기다리시죠."

그가 나간 동안 나는 몽양의 말에 따라서 통로에서 잠시 숨어 기다렸다.

5분 정도 기다리자 문에서 '똑똑' 하는 소리가 들렸다. 그 신호에 문을 열자 방 안에는 맛있어 보이는 음식이 한 상 가득 차려져 있었다.

몽양 여운형을 내 편으로 끌어들이는 건 잘 판단한 것 같았다. 그는 내 생각보다 훨씬 체계적이고 조직적인 모임들을 이끌고 있었고, 독립을 위해서 또 그에 대비해서 많은 것을 준비하고 있는 사람이었다.

몽양은 내가 알고 있던 이때까지의 독립운동가와는 조금 다른 형태의 사람이었다.

익히 알고 있었던 무장투쟁을 하거나 미국에서 힘을 기르거나, 아니면 교육을 통해서 계몽을 하거나, 강대국들의 힘을 빌려서 독립을 하려고 하는 사람들과는 또 다른 형태의 독립운동가였다.

그는 대중 속으로 들어가서 그들과 친하게 지내며 겉으로 드러낸 독립운동 단체가 아닌 조선인들을 규합한 단체들을 만들고 이끌고 있었다. 조선체육회나 이화여전후원회 같은 것들이 대표적인 것이었다. 주로 민중이 모여서 어떠한 행사를 하면 빠지지 않고 참석하면서 조선 사람들을 규합하고 있었다.

그리고 그런 행동은 내가 여운형에게 바라는 독립운동과 정확히 맞아떨어졌다. 원래 여운형에게 바랐던 것이 조선 안에서 독립 전쟁을 하고 난 이후 공백이 생기는 치안과 식량에 대한 대책으로, 조선인들을 규합하여서 과거(혹은 미래)의 건국동맹 같은 단체를 만들어 주는 것이었다.

"그런데 이번에 동경은 무슨 일로 오신 겁니까?"

"아…… 일본 정부가 난징의 왕징웨이(왕조명, 중국 국민당 출신, 대표적 친일파)와 함께 중화민국과 화해를 하는 데 힘을 써 달라고 요청하려고 불렀습니다."

이미 중일전쟁이 길어지고 있는 상태였다. 어제 봤던 히로무의 보고서에도 전쟁 수행에 필요한 물자들이 슬슬 부족해지기 시작했다는 내용이 있었다.

"일본 정부도 이제 전쟁을 끝내고 싶어 하는군요."

"그런 느낌이 강했습니다."

"거절하셨습니까?"

"아니요. 아직 거절도 승낙도 안 했습니다. 오늘 낮에 제안을 받아서 일단은 생각을 해 보겠다고 했습니다."

몽양은 자신의 앞에 있는 술잔을 입에 털어 넣으면서 이야기했다.

"제 생각엔 허락도 거부도 하지 않고, 조금 적당히 둘러대면서 가지는 않는 게 좋을 것 같네요."

나의 말에 몽양은 놀란 표정을 지으면서 대답했다.

"아! 저도 그렇게 생각했습니다. 확실한 긍정도 부정도 하지 않은 상태에서 이야기만 열어 두고 유지하면 정보를 더 얻을 수 있을 거 같았습니다."

"저랑 같은 생각이네요."

그의 놀란 표정이 재미있어 난 살짝 웃으면서 대답했다.

"안목이 대단하시네요."

"대단치 않습니다. 아마 누구라도 비슷한 생각을 했을 거예요. 하지만 이걸 실행에 옮길 수 있는 건 몽양 선생의 연기력과 말솜씨가 탁월한 덕분이겠죠. 부디 성공하시길 바라요."

"걱정 안 하셔도 됩니다. 제가 원래 이 말과 글로써 먹고 살던 기자 출신 아닙니까? 머리에 전쟁만 가득한 전쟁광 출신의 관료들을 구워삶는 거야 쉽습니다."

난 얼굴에 빙그레 웃음이 지어질 수밖에 없었다. 지금의 일본 관료들은 육군과 해군, 군인 출신들이 많았다. 또 전쟁에 관해서 실제로 결정권과 책임을 지고 있는 사람들은 다 군인이었다.

"그래도 너무 심하게 하시다가 난징으로 가시게 되면 안 됩니다. 몽양 선생은 최대한 조선 안에서 머무시는 것이 미래를 대비해 가장 좋습니다. 저 역시 조선 안에 있을 수가 없으니, 지금으로선 조선에서 저와 뜻을 같이하는 사람은 의친왕 전하와 몽양 선생밖에 없습니다. 그러니 꼭 몸조심해 주세요. 일본 전쟁의 정보는 저 또한 어느 정도 정보통을 가지고 있으니 적당히만 하세요."

몽양은 내가 일본 육군에 소속된 대위라는 것을 생각해 내었는지 쓴웃음을 지으면서 대답했다.

"네, 아무래도 바깥사람보다는 내부의 사람이……."

식사를 하기 전에는 몽양이 나와 함께하느냐 마느냐 같은 문제로 이야기를 하였다면, 식사를 하고 나서 술을 한잔하면서는 실제로 앞으로 어떤 일을 해야 하고 또 어떻게 진행이 될 건지에 대해서 이야기를 많이 했다.

주로 내가 설명을 하고 몽양이 듣는 편이었는데, 중간중간에 내가 틀린 부분이 있거나 몽양 자신이 아는 것과 다르면 잠시 토론을 하기도 했다.

어느 정도 이야기를 마치고 자리에서 일어날 때 이곳에 오면서 품속에 숨겨 놓았던 신문지 뭉치를 꺼내어 놓았다. 대한제국의 비자금에서 꺼내어 일본으로 가지고 온 돈 중에서 일부였다.

10원 권을 백 장 단위로 묶어서 열 개 묶음으로 1만 원이었는데, 현재로 치면 7천만 원에 해당하는 엄청난 금액이었다.

"이게 무엇입니까?"

"몽양 선생이 일본에 올 때마다 일본에서 유학 중인 조선의 청년들을 후원한다고 들었어요. 거기에 도움이 되시라고 조금 챙겨 봤어요. 조선의 청년들을 위해서 써 주세요."

"이 돈을 제가 어떻게……."

몽양이 이 돈을 받아야 하나 고민하는 것 같아 말을 끝내지 않고 계속해서 이었다.

"독립 후 제국의 두뇌가 되어야 하는 사람들인데, 돈 때문에 어리석은 선택을 하여서 민족을 배반하는 행동을 하지 않도록 잘 타이르고 이끌어 주세요. 길어야 5년입니다. 전 5년 안에 이 치욕스러운 역사를 끝낼 겁니다."

"알겠습니다. 조선의 청년들을 위해서 쓰겠습니다."

그는 내가 젊은 패기로 5년이라고 했다고 생각했는지, 빙그레 웃으면서 대답을 하고 내가 내려놓은 돈을 품속으로 갈무리했다.

"그런데 이곳은 어떻게 아는 것입니까? 직접 운영하시는 곳인가요?"

몽양은 질문이 재미있었는지 웃으면서 대답했다.

"전하, 이곳의 마담의 얼굴을 못 알아보셨습니까?"

"글쎄요……. 본 적은 없는 얼굴인 거 같군요."

"그렇습니까? 아, 사동궁에서 어린 나이에 나오셨으니 못 보셨을 수도 있겠습니다."

그는 웃으며 이야기하다가 잠시 아차 싶었는지 표정이 급히 바뀌면서 말했다.

"사동궁에서는 여섯 살 때 나왔죠. 그래도 자주 들르기는 했습니다."

"오다가다 보셨을 수도 있겠지만……. 아무튼 마담과 의친왕 전하 덕분에 독립운동가들이 동경 한가운데서 몸을 숨길 곳을 만들 수 있었습니다."

"아버지도요? 흠……. 어떤 일인지 궁금하군요."

그의 말에 대충 짐작은 되었다. 아무래도 이 요정의 진짜 주인은 아버지인 거 같았다.

"이건 제가 말씀드리는 것보다 본인이 직접 이야기하는 게 나을 것 같습니다. 건너가 계시면 아마 마담이 갈 겁니다. 오늘 만남은 너무나 유익하고 좋았습니다."

그는 이야기를 마치더니 나에게 고개를 숙여 인사를 했다. 나이가 많은 그가 인사를 하는 게 익숙하지는 않았으나 인사를 받고, 다시 어두운 통로를 통해서 처음 들어왔던 방으로 갔다.

음식은 없어지고 언제 다시 가져다 놓았는지 몇 점 집어먹은 안주와 절반 이상 비워져 있는 질그릇, 술 주전자가 있었다.

자리에 앉아서 마담이 누구인지 아무리 생각을 해도 기억이 나지 않았다.

잠시 생각을 하고 있을 때 방문을 열고 마담이 방으로 들어왔다.

"좋은 결과가 있으셨다고 들었습니다. 축하드립니다."

"마담 덕분이네. 그런데 마담, 우리가 언제 만난 적이 있는 사이인 건가?"

"네, 전하. 전 예전 사동궁에 있을 때 수인당 아씨가 사가에서 데리고 온 하인 중 한 명이었습니다. 전하가 아직 어리실 땐 자주 뵈었었습니다. 그러나 너무 어려서 기억을 못 하실 수도 있습니다."

그러자 그녀의 얼굴이 어린 시절 보았던 어머니의 하인과 비슷하다는 느낌을 받았다. 그러나 워낙 어린 시절의 기억이고 또 그녀가 진한 화장을 하고 있어서 확신은 할 수가 없었다.

내가 조용히 얼굴을 보고 있자 그녀가 고개를 숙이면서 대답했다.

"어린 시절이고 또 세월이 많이 흘러서 기억을 못 하실 수도 있습니다."

"어렴풋이 기억은 나나 확실하지는 않구나."

"의친왕 전하와 마님의 부탁으로 계해년(1923년)에 대지진 이후 일본으로 와서 요릿집에 대해 공부하다 을해년(1935년)부터 이곳에서 요릿집을 시작했습니다."

"아버지의 부탁으로?"

"네, 전하. 이국의 땅으로 혼자 가신 이우 공 전하가 또 관동대지진 같은 큰일을 겪으실 일이 생길까 걱정하시어 멀리서나마 혹 일이 생기면 도와줄 수 있게 기반을 만든 것입니다. 또 일본에서 활동하는 독립투사들에게 동경 한복판에서 쉼터가 되어 줄 수 있겠다 하시어서 만든 곳이기도 합니다."

이우 공의 기억 속에 이곳이 왜 없는지는 모르겠으나, 과거 이우 공이 의친왕과 함께 독립운동에 대해서 진지하게 이야기한 시기가 1943년 이후였다. 아마도 지금부터 1943년 사이에 이 요정에 무슨 일이 생겨서 없어지거나 하는 모양이었다.

어쨌든 의친왕에 대해서 또다시 감탄했다. 그는 자신이 독립운동의 전면에 서지는 않았지만 내가 알고 있던 것보다 훨씬 많이 독립운동에 관여하고 독립운동가들을 도와주고 있었다.

밖으로 나오자 집으로 돌아갔던 운현궁의 차가 언제 다시 왔는지 나를 태우기 위해서 기다리고 있었다.

집으로 돌아가자마자 오늘 있었던 일의 결과와 아버지 의친왕의 배려에 대해서 감사하는 편지를 작성했다.

⁕

"전하, 일어나셔야 하는 시간이옵니다."

아침에 나를 깨우는 시월이의 목소리에 눈을 뜨자 어제 먹은 술 때문인지 약간의 숙취가 있었다. 어제 요정에서 술을 어정쩡하게 먹어서 잠은 오지 않고 술이 더 당겨 집에 와서 청주를 한잔 더 먹은 것 때문인 거 같았다.

찬주는 벌써 일어나서 나간 것인지 침대에 혼자 누워 있었다. 몸을 일으켜서 일어나자 시월이가 쟁반 하나를 내 쪽으로 내밀었다. 쟁반에는 물이 들어 있는 그릇 하나와 쪽지가 있었다.

"이게 무엇이냐?"

"공비마마께서 써 놓고 가신 쪽지와 꿀물입니다."

꿀물은 놔두고 쪽지를 먼저 들어서 읽었다.

오라버니, 안 일어나셔서 청이 유치원에 데려다주러 가요. 오늘 오전에 학부모 면담이라 제가 데리고 가요. 꿀물 준비해 놓았으니까, 병원 늦지 않게 준비해서 가세요.

동경에 와서 검사를 받기로 하고 예약을 했던 날이 오늘인 모양이다.

준비해 놓은 꿀물을 마시자 불편하던 속이 한결 편해지는 느낌이었다.

씻고 시월이가 준비를 해 준 옷으로 갈아입고 나가자 하야카와가 나를 기다리고 있었다.

"전하, 어제 술을 많이 드신 거 같습니다."

"아무래도 동경에 오랜만에 왔더니, 일본주가 그리워서 조금 많이 먹었네. 하야카와는 집에 잘 다녀왔는가?"

하야카와는 동경에 도착한 뒤 여기 있는 자신의 집에 2일 동안 휴가를 다녀왔다. 그 덕분에 내가 어제 조용히 긴자를 다녀올 수 있었던 것이다. 하야카와가 있었으면 조금 더 조심해서 몽양을 만나야 했겠지만, 아버지께서 잘 맞춰서 약속을 잡으셔서 큰 무리 없이 다녀올 수 있었다.

"네, 전하, 걱정해 주셔서 잘 다녀올 수 있었습니다."

"이제 아이들이 많이 크지 않았나?"

"네, 올해 소학교에 들어갈 예정입니다."

"그럼 우리 청이와는 두 살 차이인 건가?"

아들인 이청이 올해 다섯 살이다. 소학교는 현대의 초등학교와 같은 교육 시설이었고 들어가는 나이 역시 여덟 살로 똑같았다.

"네, 올해 여덟 살입니다."

"안 본 지 오래된 거 같군. 언제 한번 부인과 아이를 별저로 초대를 하게나. 같이 식사나 하지."

"감사합니다, 전하. 이제 병원으로 출발하셔야 합니다. 예약한 시간이 다 되어 갑니다."

"그런가? 그럼 얼른 출발하지."

하야카와의 말에 밖으로 나가자 이미 차가 대기하고 있었다.

운현궁 동경 별저와 동경 황거의 중간 즈음에, 별저에서 차를 타고 5분 정도의 거리에 제국황실병원이 자리 잡고 있었다.

황실병원이라고는 하나 황족들만 사용하는 것은 아니었고 귀족과 일반인들도 돈만 있다면 이용이 가능한 병원이었다. 다만 차이점은 일본의 귀족인 화족과 일반인에게는 돈을 받지만, 황족에게는 돈을 받지 않았단 것이다.

조선의 왕족과 공족 역시 왕공가궤범王公家軌範을 통해서 황족과 같은 대우를 받아, 황실병원을 무료로 이용했다.

병원에 들어가자 일본 제일의 병원답게 엄청난 규모를 자랑했다. 5층으로 이루어진 병원은 1층부터 4층까지는 일반인이 사용하였고, 5층은 황족이 방문했을 경우에만 사용할 수 있게 되어 있었다.

5층으로 올라가자 이미 연락을 받았는지, 진료할 수 있는 준비가 되어 있었다.

피검사를 비롯한 이 당시 할 수 있는 검사는 전부 다 하였지만, 나의 몸에서 별다른 특이점은 찾지 못했다.

이상이 없어야 정상이다. 영혼이 바뀐 것 빼고는 특별히 아픈 곳도 없었고 이우 공의 기억으로도 죽기 직전까지 잔병치레를 하지 않고 지냈었다.

정밀 검사 결과는 일주일 정도 뒤에 나온다는 이야기를 듣고 집으로 돌아오자 벌써 점심시간이 지나 있었다.

"이제 오세요?"

"아부지, 안녕하세요."

내가 집 안으로 들어서자 소파에 있던 찬주와 청이가 나를 보고 인사를 했다.

"응, 점심은 먹었어?"

"아니요. 아까 집사님에게 점심쯤 끝날 것 같다고 들어서 기다리고 있었죠. 같이 드셔요."

찬주의 말을 듣고 주방에 들어가자 점심 준비가 이미 되어 있었다.

"몸은 어떻대요?"

"걱정하지 마, 의사도 지금까지 결과로는 병으로 의심할 만한 건 없다고 했으니까."

찬주는 나의 말에도 안심되지 않는지 찌푸려진 미간이 펴질 줄을 몰랐다.

7장

동경에서의 생활은 너무나도 단조로웠다.

아침에 일어나면 가볍게 운동을 하고 아침을 먹은 후 육군
대학교에 가서 공부를 했다.

육군대학교의 공부는 전술적인 부분부터 시작해서 동경대
학교와 교류 수업으로 하는 인문학 관련 수업까지 다양하게
진행했다.

이 몸으로 오고 나서 이지훈일 때보다 훨씬 머리가 좋아
진 느낌이라 수업을 따라가고 공부를 하는 건 별로 어렵지
않았다.

학교가 끝나고 집으로 오면 이런저런 서류를 정리하고 계
획을 작성하다 보면 어느새 밤이 되어 있었다.

병원을 다녀오고 3일이 지났을 때, 시월이에게서 쪽지 하나가 도착했다.

夢

단 한 글자였지만 무슨 뜻인지는 충분히 알 수 있었다. 누군가 나를 유메에서 찾는다는 것이었다.

그래서 오늘은 어떻게 가야 하나 같이 갈 사람을 생각했다.

처음에는 히로무를 그곳에서 만나는 것으로 할까 했지만, 그만두었다. 이우 공의 기억을 찾아보아도 그는 마지막까지 이우 공을 도운 인물이었지만, '혹시나'라는 게 있다.

그리고 지금 그는 궁내성과 나의 이중간첩이다.

물론 나의 사람으로 나에게는 일본의 제대로 된 정보를 주고, 궁내성에는 나의 평범한 일상은 그대로 보고하고 중요한 정보는 숨기거나 거짓 정보를 섞어서 넘기고 있었다.

그를 신뢰하더라도 비밀을 많이 알게 되면 혹시 나중에 일본에 발각되었을 때 위험할 수가 있어서 히로무를 이용해 만나는 건 포기했다.

기억 속에서 이런저런 사람을 물색했는데, 적당한 사람을 찾을 수가 없어서 어쩔 수 없이 나와 가장 가깝고 항상 내 편일 사람인 찬주와 함께 가기로 했다.

핑계는 오랜만에 둘만의 시간을 가지고 저녁을 먹는다는 거였다.

어린 청은 혹시나 실수할 수도 있어서 저녁은 유모에게 모두 맡기고 나가기로 했다.

예전에도 이런 식으로 둘만 나가 데이트를 했던 기억이 있었다. 물론 그때는 정말 데이트였다.

"청아, 갔다 올 테니까, 유모 말 잘 듣고. 알았지?"

"네!"

손을 들면서 인사를 하는 것이, 우리가 같이 외출을 하는 게 즐거운 것 같았다. 처음에는 내가 찬주만 데리고 가면 남아 있는 청이가 울면 어떡하나 했는데, 나의 반응과는 전혀 반대였다.

"우리가 가는데 별로 슬퍼하는 거 같지가 않네?"

차에 타자마자 찬주에게 묻자, 그녀가 미소를 지으면서 대답했다.

"매일 양치하라고 하고 놀지도 못하게 하는 엄마는 없고, 자신이 우기면 마음대로 할 수 있는 유모랑 둘이 남는 거니까 즐거운 거죠."

찬주의 말을 듣자 대략적인 상황이 눈에 들어왔다. 아마도 잔소리하는 엄마보다는 유모가 편하다고 생각하는 거 같았다.

유모 역시 자신이 태어났을 때부터 엄마와 똑같은 시간을 함께하고 엄마만큼의 친밀감을 가지고 있는 사람이니, 아이 입장에서는 엄마와 있나 유모와 있나 큰 차이가 나지 않을 것 같았다.

찬주와 청이에 대해서 대화를 하는 사이에 차는 어느덧 유메에 도착했다.

유메로 들어가자 이번에는 처음부터 몽양과 대화를 했던 방으로 안내되었다.

나는 어느 정도 나를 감시하는 눈들이 내가 여기를 오는 것을 알고 있을 테지만, 윤홍섭은 비밀리에 일본으로 들어온 것이어서 작은방으로 은밀히 안내되었을 것이다.

들어가서 잠시 기다리자 방 안에 음식이 들어왔다. 그러다 더는 들어올 것이 없을 때쯤 되니 마담이 들어와서 옆방에서 사람이 올 것이라고 알려 왔다.

그 말을 한 마담이 나가고 잠시 뒤 윤홍섭이 작은 방문을 열고 들어왔다.

"윤 대인, 어서 오세요."

"전하, 오래간만에 뵙습니다. 마마도 그간 평안하셨는지요."

나보다는 곱절은 나이가 많은 분이었고 대비마마의 오라버니였지만, 나에게는 깍듯하게 대했다.

그가 이러는 것은 내가 순종의 후계인 것을 알고 있어서였다. 대놓고 폐하라고 하지는 않지만, 그는 이미 나를 임금으로 대하고 있었다.

"앉으시죠. 여기까지 오시느라 고생하셨습니다. 몰래 오
시느라 힘드셨을 텐데 괜찮으십니까?"

"별일 아닙니다. 대비마마의 도움으로 일본인의 신분증을
구해서 별다른 힘 들이지 않고 올 수 있었습니다."

"다행이네요……. 일단 배가 고프실 텐데 식사부터 하시
면서 천천히 이야기 나누시지요."

내가 음식을 들기 시작하자 다른 두 사람도 음식을 먹기
시작했다.

"윤 대인, 제가 일본으로 급히 모신 건 이것 때문입니다."

식사를 적당히 하고 나서 그에게 내가 만들어 놓은 한 묶
음의 종이 뭉치를 넘겼다.

일본의 제국주의와 그 실체

내가 동경으로 오면서부터 일본의 제국주의와 제2차대전
을 경고하고 미국과 전쟁이 일어날 가능성에 대해서 작성을
하였던 것이다.

내용은 일본의 팽창하는 제국주의와 대동아공영은 실패
하는 중이고, 물자 부족이 심각해지고 있다는 것이다. 또 그
것을 극복하기 위해서 미국을 공격하고, 필리핀을 점령하
고, 인도차이나반도까지 넘어갈 수 있다는 경고가 있는 책

이었다.

"이것이 무엇이옵니까?"

"미국에 가셔서 출판을 해 주셨으면 하는 책입니다."

"일본에 대해서 폭로를 하시는 겁니까?"

"폭로라고 할 정도는 아닙니다. 군사기밀이 들어 있는 것도 아니고요. 단지 경고를 하는 것입니다. 지금 전황이 전개되는 것을 보면, 제가 책에 적어 놓은 대로 될 가능성이 큽니다. 그러니 이걸 한번 읽어 보시고, 윤 대인의 생각과 정치적인 부분에 대해서 첨부하여서 미국으로 가 출판을 해 주셨으면 좋겠습니다."

"미국이라고요?"

"네, 대인께서 미국에서 대학을 나오셨고, 국제정치학으로 박사 학위를 받으신 걸로 알고 있습니다."

"그렇습니다."

"그러니 제가 생각하기에 이 일을 부탁하기에는 적임자 같습니다."

그는 나의 말에 서류를 다시 펴서 읽어 보기 시작했다. 어느 정도 훑어보는 식으로 보고 나서 다시 나에게 말했다.

"엄청나게 위험한 책이네요."

"위험하다면 위험하고, 재미있다면 재미있는 것이죠."

"알겠습니다. 제가 미국으로 가도록 하겠습니다. 이것만 출판하면 되는 것인가요?"

"아니요. 그리고 미국의 송헌주 중앙집행위원장을 우리 쪽 사람으로 끌어들여 주셨으면 합니다."

"그 사람이라면 제가 잘 알고 있습니다. 저와 호형호제하는 사이입니다. 저를 도와줄 것입니다."

"미국으로 가시면 이 서류를 펴 보시기 바랍니다. 그리고 그 책에서 제 이름은 빼셔야 합니다. 제 이름이 들어가게 되면, 후에 문제가 될 수가 있습니다. 윤 대인 혼자 만드신 것이고, 출판을 하셔야 합니다."

책 뭉치와 다른 봉투에 들어 있는 서류를 건넸다. 그 서류에는 앞으로 윤홍섭이 미국에서 움직여야 하는 루트와 해야 하는 일들이 적혀 있었다.

"네, 알겠습니다."

"제가 수배해 놓은 배편입니다. 5일 뒤에 요코하마에서 출발하는 것입니다."

책 뭉치와 편지를 건네고 나서 나의 양복 안주머니에서 배 티켓 한 장과 여권, 서류를 꺼내어 주었다. 그가 일본인 여권을 준비할 줄 몰라서 내가 준비한 일본인 여권과 미국으로 가는 배편, 비자와 출국 허가서가 들어 있었다.

"감사합니다."

"다음에 만날 때는 우리나라에서 뵈었으면 좋겠습니다."

"저 역시 그렇습니다. 열심히 하겠습니다."

우리나라에서 봤으면 좋겠다는 나의 말뜻은 미국에서 오

랜 시간을 있어야 하고 독립이 되고 나서야 볼 수 있을 거 같다는 것이었다. 윤홍섭은 나의 이야기를 제대로 알아들은 거 같았다.

문득 이 글을 적을 때가 생각났다.

현재의 일본의 상황은 39년 미일 통상조약이 파기되고 난 이후 시작된 경제제재와 석유 금수 조치禁輸措置로 좋지 않다. 마땅한 원유 수입을 할 수 있는 길이 없는 일본은 곧 자원이 고갈될 것으로 예상된다. 〈표3-1을 참조〉

그렇게 되면 일본은 자원을 구하기 위해서 대책을 강구할 테고, 가장 유력한 지역은 보르네오와 인도차이나반도라고 예상된다.

보르네오와 인도차이나반도는 영국군이 실효적 지배를 하고 식민지로 가지고 있는 지역이지만, 현재 영국은 독일과 전쟁 중이기에 영국은 동남아시아까지 신경을 쓸 여유가 없는 상황으로 예상된다.

일본이 이 지역에 진출하기 위해서는 미국의 식민지인 필리핀 지역을 지나가야 하는데, 예상되는 일본의 행동은 미국의 태평양 함대를 폭격으로 무력화시킨……

뚝.

한창 펜을 놀리다가 뚝 하고 멈추었다.

'이걸 이대로 적어도 괜찮은 건가?'

어제저녁에 윤홍섭에게 줄 글을 적으면서 많은 고민을 했다. 과연 이 책에다가 진주만 폭격을 적어야 할까?

만약 적게 되고 폭격이 이루어지면, 내가 원하는 대로 미국에서의 윤홍섭의 인지도가 올라가고 정계 쪽 연줄이 많이 생길 수 있을 것이다. 그리고 그에게 동아시아에 관련하여서 미국 정가가 조언을 얻을 수도 있고 자문할 수도 있다.

문제는 이것을 미리 적어서 진주만 폭격을 하지 않거나 폭격하여도 과거만큼 피해가 크지 않을 때다.

태평양전쟁을 수행하는 데에 예전만큼 미국 국민들이 큰 지지를 보내지 않는다면, 대한제국이 독립하는 데에 악영향을 끼칠 수도 있다.

진주만에서 죽게 되는 인물들과 미국인에게는 미안하지만, 진주만 폭격은 일어나야 한다. 미국이 이 전쟁에 참여하고 2차세계대전의 전선이 확대되어야 그 사이에서 내 생각대로 대한제국의 독립을 이루어 낼 가능성이 있다.

전선이 다각화되어야 한 지역에서 일본의 전력이 약화되고, 미국과의 전쟁으로 어느 정도 군력이 소모가 되어야 한다.

이곳으로 오기 전에는 몰랐는데 이곳으로 오고 나니 이 시대의 일본은 세계에서 손꼽히는 초강대국이고 발전된 나라였다.

물론 그렇다고 아시아 여러 나라를 수탈하고 비인간적 범죄행위를 하는 걸 용서할 수는 없다. 그러나 지금의 대한제국과 독립군만으로 일본을 상대로 정면 대결하는 건 어떻게 생각을 해도 답이 나오지 않는 상황이었다.

한참을 고민하다 그 부분을 삭제하고 글을 마무리했다. 가능성은 희박하지만, 혹시라도 내가 알고 있는 역사와 달라질 경우 위험했다. 조금씩은 바뀌어도 되지만 전체적인 흐름 자체가 무너지면 안 되었다.

미국에 경고를 하는 책 같은 경우에는 원역사에도 우남 이승만이 적은 것도 있었다. 그러니 어느 정도 세계의 흐름을 보는 눈이 있다면 파악이 가능한 부분이기도 했다.

미국 역시 어느 정도 일본이 공격할 것이라는 건 파악하고 있었다고 했다. 단지 그게 하와이일 줄은 모르고 있었을 뿐이다. 그리고 일본이 선전포고도 없이 그렇게 공격을 강행할 줄은 몰랐을 것이다.

과거 이지훈으로 있을 때, 초중고, 대학교까지 영어 공부를 하여서 어느 정도 대화도 가능하고 서적 같은 것도 읽을 수 있었다. 그래도 내가 영어로 책을 작성하기에는 시간이 많이 필요했다. 그래서 책은 한글로 작성되었다.

"그러니까 제가 읽어 본 후 번역을 해야 하는군요."

"그렇죠. 그리고 이왕이면 읽어 보신 후에 윤 대인의 생각에 정치적으로 해석되는 부분에 대해선 주석을 달거나 내용을 추가해 주셨으면 해요."

내가 전체적인 역사의 흐름은 어느 정도 알고 있어서 적당히 글을 쓸 수 있었지만, 정치적인 부분은 모르는 부분도 많았다.

역사를 전문적으로 배운 게 아니라 중, 고등학교와 대학교에서 교양으로 넓고 얇게 배운 것이라, 괜히 전문가인 척하려 내 견해를 넣었다가 안 좋아질 가능성이 높아 그런 사견은 제외하고 최대한 객관적으로 적어 놓았다. 그리고 작가로서의 글은 윤홍섭에게 부탁했다.

"알겠습니다. 분부대로 하겠습니다."

"윤 대인, 저와 촌수로 따지면 손위 어른이 되시는데 편하게 말씀하세요."

이야기를 거의 마치고 나서 처음부터 마음에 걸렸던 걸 그에게 말했다. 윤홍섭은 대비마마의 오라버니로 촌수로 따지면 복잡하기는 했으나 아버지 사촌 형수의 오라버니이니, 가깝지는 않아도 사돈어른 정도로 나보다 높았다.

"아닙니다. 제가 진실을 몰랐다면 모를까, 당대 왕실의 수장이신 전하에게 어떻게 말을 편히 하겠습니까?"

윤홍섭은 융희제의 유지가 나에게 이어진 것을 아는 몇 안 되는 사람 중 한 명이었다.

"아부지! 아부지, 아부지!"

나에게 안겨 있던 청이가 나를 불렀다. 자신과 놀던 내가 며칠 전 있었던 윤홍섭과의 대화를 떠올리느라 멍하니 있으니 청이가 나를 흔들어 부르며 정신을 들게 했다.

"응, 그래."

"저쪽으로 가요!"

청이는 해맑게 웃으며 자신이 가고 싶은 방향을 지시했다.

평일에 대학교를 다니고, 저녁에는 공부하고 이런저런 일들을 하다 보니 아이와 놀아 주는 시간이 별로 없었다. 그래서 오늘은 주말이라 아들 청이, 찬주와 함께 동경 근처인 치바 시의 해변에 나와 있었다.

나의 품에 안겨 있던 청이는 바다를 와서 좋은 것인지 품에서 내려와 나의 손을 잡고 바닷가 이곳저곳을 이끌고 다녔다.

아이의 눈으로 보면 모든 게 신기한지 여기저기 이끌고 다니는 녀석을 따라다녔더니 금방 지쳐 유모에게 아이를 넘겼다.

3월이지만 아직 바람이 많이 차가웠다. 다섯 살 아이의 연약한 피부가 붉게 물들어서 추워 보였으나 신기한 것을 탐험하는 게 더 좋은지 유모의 손을 잡고 포기하지 않고 돌아다녔다.

왕족은 무언가 바쁘거나 정치적인 모임을 많이 가질 줄 알았는데, 조선의 왕족은 그런 부분에서 거의 제외된 것 같았다.

일본 귀족들의 사교계는 조선의 왕공족이 가는 것을 싫어했다. 피점령국의 귀족인데 법률상으로는 자신들보다 높은 위치에 있어서 존대를 해 줘야 해서 좋아하지 않았고, 황족들은 황실 법도상에 가장 말석末席을 차지하고 있는 이들이 자신들과 함께한다는 것 자체를 자존심 상한다고 생각했기 때문에 싫어했다.

그러한 위치상의 문제 때문에, 보통의 귀족이라면 쉬는 날인 주말이 더 바빠야 하는데 이렇게 교외로 나들이를 나올 수 있을 정도로 한가했다.

요즘 가장 신경을 쓰고 있는 것은 어떻게 하면 돈을 벌 수 있을까 하는 점이었다.

지금의 일본 내수 시장은 중일전쟁 개전 초기 많은 군수 물자가 들어가고, 관서 지방에 있는 공장들이 전부 전시 체제로 들어가 엄청난 자금이 유입되고 풀리는 효과를 가져왔다. 그러다 전쟁이 길어지고 미국에서 유입되던 물자가 끊어지고 나자, 일본 전체에 물자들이 조금씩 떨어져 가는 게 느껴질 정도로 물가가 오르고 있었다.

이럴 때 가지고 있는 돈을 잘 투자하여서 불릴 수 있다면 좋은데, 문제는 왕공가궤범에 왕공족이 상공업을 하거나 영리 목적으로 사단을 운영하거나 사원, 임원이 되는 것이 불가능하다고 못 박혀 있었다.

실질적으로 무언가 사업을 하는 길은 전부 막혀 있는 상태라 불법적인 일에 투자했다가 다 날리게 되면 큰 문제가 될 수 있었다. 그래서 불법적이지도 않으면서 돈을 불리는 방법을 찾고 있었다.

처음 생각한 것은 부동산이었는데, 문제는 이건 짧은 시간으로 돈을 많이 벌어들일 수 있는 방법이 아니었다.

내가 서울이나 동경에 땅을 산다고 해도 문제가 많았다. 서울의 지금 땅값은 싸지만 그게 올라서 사용할 수 있을 때까지는 시간이 너무 오래 걸린다. 가장 돈이 많이 필요한 시기인 독립 전후에 돈을 마련할 수 없었고, 동경의 땅은 지금이 거의 최고가라고 예상되었다.

1년 뒤 태평양전쟁이 발발하고, 43~44년부터 미국이 일본 본토를 폭격하기 시작하면 땅값은 바닥을 칠 것이 자명했다.

물론 그때 투자하면 좋겠지만 이것은 전쟁이 끝이 난 다음에 이익이 될 텐데, 전쟁 후에 오는 엄청난 인플레이션이 문제다. 또 점령국인 미국이 귀족들의 면세 특권을 없애면 그 세금이 감당이 안 될 게 뻔했다.

이지훈으로 살 때도 돈이 문제였고, 이곳에 와서도 돈이 문제다.

이곳에서 숙소로 잡은 료칸旅館 바깥에 있는 탁자에 앉아서 경치를 구경하고 있자 한참을 놀러 다니다 붉어진 얼굴로 찬주에게 안겨서 오는 청이가 눈에 들어왔다.

"왜 벌써 데리고 와?"

"자기는 괜찮다고 하는데, 지금도 몸이 너무 차서 더 노는 건 안 돼요."

"히잉……."

찬주는 단호하게 아이를 안고 왔는데, 이미 내가 못 보는 곳에서 한바탕하고 왔는지 아이의 표정이 뾰로통해져 있었다.

"이리 와. 아빠랑 온천에 들어가자."

내가 그런 청이를 달래 주기 위해서 손을 내밀자 금세 나의 품으로 넘어왔다. 아이를 안고 있으면 아기 냄새와 따뜻한 체온이 기분을 좋게 해 주는 거 같았다.

"오라버니가 그럼 또 나만 악역이잖아요……."

"원래 어머니는 단호하고 아버지는 인자한 게 좋대."

"그런 게 어딨어요. 나도 인자한 어머니이고 싶네요. 청이가 안 도와줘서 그렇지."

찬주가 나의 말에 동의하지 않는다는 듯 청이의 머리를 쓰다듬으면서 대답했다.

처음 이곳으로 넘어오고 나서 나와 이우 공이 다른 사람처럼 행동하다가 점점 동화되어서 이제는 아들인 이청이 진짜 나의 아들같이 느껴지고 부인도 내 아내처럼 느껴졌다.

익숙해지는 만큼 일에 대해서도 더욱 부담감이 생겼다.

역사책을 보는 것처럼 한 발짝 떨어져 있는 사람이 아니라 이제는 역사 속 사람들이 나에게 소중한 사람들이 됐다. 그리고 내가 살아 숨 쉬는 게 역사가 되는 것이어서, 행동 하나하나에 많은 생각을 하게 되었다.

✿✿✿

날이 따뜻해지고 동경 별저 근처에도 벚꽃이 흐드러지게 피었다. 물론 별저 안에는 찬주의 주장으로 오얏나무가 심겨 있어 옅은 분홍색을 띠는 벚꽃과 다르게 별저 안에는 하얀 오얏꽃들이 피었다.

하얀색으로 올라왔던 오얏꽃들이 지고 나자 청색의 작은 방울들이 나무에 맺혔다. 따뜻한 초여름 날씨와 그 작은 방울들이 만나자 탐스러운 붉은색 자두로 바뀌기 시작했다.

꽃들이 그런 변화를 거치는 동안 전쟁 준비도 차근차근 진행되었다.

처음 만주에서 부대 창설을 준비하였던 곽재우는 중일전쟁의 장기화로 소련 국경 지역에 있던 관동군이 중화민국 쪽으로 부대를 이동하여, 처음 자리 잡았던 지역에서 이동할 수밖에 없었다.

곽재우는 소비에트연방보다는 중국 내륙에 임시정부가 있어서 조선인 피난민들이 많이 오는 중경으로 이동하려고 하였다.

그러나 중경으로 가게 되면 조선과는 너무 멀고 임시정부와 알력 다툼이 생길 수도 있었다. 그리고 많은 인원을 모으는 것도 중요하나 조선으로 쉽게 진격할 수 있는 것도 중요해 결국 연해주로 이동하도록 지시했다.

연해주는 블라디보스토크의 항구를 이용해서 흥남부두로 들어오면 몇 시간이면 충분했고, 육로로 와도 금방인 곳이다. 물론 교통 사정이 나빠서 주요 도시인 평양이나 경성까지 오려면 시간이 필요했지만, 중국에서 오는 것보다는 훨씬 가까웠다.

현재 중국의 서해 쪽 바닷가는 이미 일본이 강력한 해군력을 바탕으로 점령했다.

또한 구 러시아제국과는 전쟁을 거쳐 적성국이었지만— 정확히는 일본이 승전국, 러시아제국이 패전국이다— 새로운 소련과는 아직 미묘한 관계여서 일본이 소련 땅에는 관여하지 않아 그 지역으로 잡았다.

정확히는 소련과 만주국의 국경 지역에 있는 산속이었다.

일본은 소련이 공격하지 않을 것이라는 확신이 있어 소련 쪽보다는 중화민국 쪽으로 군대가 배치되어 있었다. 그리고 소련은 지금 독일과의 전쟁 중으로 극동 지역에 대해서 치안 유지만 겨우 하는 상태였다.

전 세계 각지에서 전쟁이 일어나고 있었고 곳곳에서 피난 민이 생겼다. 하루에도 수백 명이 국경을 넘어 도망가는 상 태여서, 러시아와 만주국의 군대와 경찰은 국경의 산악 지대 에 자리를 잡은 작은 군락에 대해서 신경을 쓰지 못했다.

국경 지역에 자리를 잡은 후, 식량을 조달할 수 있는 길을 블라디보스토크에서 만들었다. 그 후 아버지 의친왕과 여운 형의 도움으로 일본의 횡포로부터 도망친 사람들과 독립군 이 되고 싶어 하는 사람들을 모아 곽재우에게 보냈다.

곽재우는 그 인원들을 수습하여서 대대급의 대한제국의 비밀 군대인 광무군光武軍을 재창설했다.

동토의 땅에 겨우 만든 현재 대한제국의 유일한 군대였다.

조선 안에서는 몽양 여운형이 자신이 이끄는 조선체육회 와 위원으로 있는 이화여전후원회 외에 추가로 조선상인연 합회라는 친목 단체를 결성했다.

이것은 나의 주도로 결성하게 된 것인데, 독립 직후 필요 한 식량 구입과 독립 전쟁을 위한 군자금 마련에도 이용하기 위해서 모집했다.

상인연합회의 회장은 현재 미국에 있는 유일한 유한양행 사장이 추대되었다.

지금은 일본과 미국이 사이가 안 좋아져 미국으로 가 있는 상황인데, 연합회에 가입한 인물 중에서 가장 큰 회사였고 경제인과 상인 들로부터 존경을 받는 인물이었다. 실질적으로는 여운형이 연합회를 운영하지만, 미국에 있는 본인에게 허락을 얻어 대표로 추대했다.

아직은 서울 동대문과 남대문의 상인들, 기업을 경영하는 사람들, 개성의 상인들이 전부였지만 조금씩 지방으로 넓혀 가고 있었다.

미국으로 건너간 윤홍섭은 미국에 도착하자마자 북미대한인국민회의 중앙집행위원장인 송헌주에게 나의 편지를 전했다. 그는 처음에는 반신반의하였으나 윤홍섭의 끈질긴 설득으로 우리와 함께하기로 했다.

또 윤홍섭의 도움으로 일본을 피해 미국으로 가서 캘리포니아에서 공부를 하는 유일한 사장과도 소통할 수 있었다.

나에서 받아 간 자료들을 정리하고 자기 생각도 더하고 영문으로 새로 작성한 뒤 송헌주의 도움을 받아서 '일본 그리고 제국주의(Japan and Imperialism)'라는 책을 출판하였다.

책은 아직 별다른 반응이 없었다. 호기심에 사 보는 몇몇 사람들이 있기는 하였지만, 뉴딜 정책의 영향으로 지금 미국은 유례없는 호황기를 겪는 중이어서 아직 직접적인 위협이 없는 일본에 대해서 신경을 쓰는 대중은 거의 없었다. 그래서 책이 많이 팔리지는 않았다.

중경에 있는 성재 이시영 선생은 나에게 편지를 받은 이후부터 임시정부 내에서 적극적으로 영향력을 늘리고 있었으나, 큰 효과를 거두지는 못했다.

지금의 임시정부의 여당은 한국독립당으로 보수적인 민족주의 정당인데, 주석인 백범 선생의 뜻은 어떠한지 모르겠으나 다른 인물들은 대한제국 황실에 대해서 부정적인 태도여서 설득이 힘들었다.

그리고 내 부탁으로 임시정부 구미외교위원부를 북미국민회의 인물에게 주어 워싱턴에 새로이 사무실을 만들고 이승만의 힘을 약시키려고 했던 이시영 선생의 시도는 실패했다. 임시정부 내에도 이승만과 같은 기독교회로 이승만의 영향을 받고 그를 추천하는 인물이 꽤 있었기 때문이다.

만약 이번 시찰에서 백범 선생을 만나 우리와 함께하는 것을 거부하면 임시정부와는 다른 길을 가야 했다.

그럴 경우를 대비해 내가 세우고 있는 정부의 정통성과 대중적 지지를 넓게 확보하고, 임시정부의 독립 후 위치에 대해서 고민을 할 필요가 있었다.

※

많은 생각을 하면서 차창 밖으로 지나가는 풍경들을 보니, 정리되었다 싶었던 생각이 다시 복잡해짐을 느꼈다.

"전하, 이제 곧 신의주에 도착합니다. 이곳에서 군수공장의 근로자들을 격려하고, 이곳부터 주둔하고 있는 그 지역의 관동군을 치하하셔야 합니다."

하야카와가 나에게 와서 이야기했다.

천황의 명령으로 중국 전선을 시찰하기 위해서 가족들은 도쿄에 남고 나 혼자 움직였는데, 부산에서부터 신의주까지 기차를 타고 오며 중간중간 내려 군수공장에 일하는 근로자들을 격려하는 척했다.

진짜 마음 같아서는 다 때려치우라고 하고 싶었으나, 아직 힘은 모자라고 보는 눈이 많아 꾹 참고 이들이 시키는 대로 해 주고 있었다.

조선에 들어왔는데, 경성에는 들르지도 못하고 통과해서 개성에 잠시 들렀다가 지금 신의주에 도착했다.

"벌써 신의주인가?"

"네, 전하."

"그럼 오늘은 신의주에서 하루를 쉬는 건가?"

"일정이 그렇게 될 것 같습니다. 신의주에서 하루 쉬고, 내일 신징新京(지금의 중국 장춘)으로 이동하시게 될 겁니다."

하야카와가 이야기하고 나가자 같은 침대칸을 써서 나의 앞자리에 누워 있던 히로무가 기지개를 켜면서 말했다.

"흐아아아아! 그래도 다행히 오늘은 기차가 아니라 건물에서 잘 수 있겠네. 며칠 동안 흔들리는 데서 잠을 자서 그런가

피로가 안 풀려."

우리는 동경에서 출발하여 히로시마의 군수공장에 들러 격려를 한 후 배를 타고 부산으로 간 뒤 이곳 신의주까지 오는 3일 동안 계속해서 기차와 배만 타고 있었다.

히로무는 이번 순시에 나의 부관 겸 경호원으로 차출되어 왔다. 내가 군의 일로 일본을 벗어나게 되면 나와 편한 히로무가 같이 가야 한다는 핑계로 나를 감시할 감시자로 그를 차출하여서 나에게 붙였다.

나 역시 나와 뜻을 함께하는 히로무가 나의 감시 역할로 오면 편했기 때문에 대찬성해 이번에도 동행했다.

"일어났냐?"

"아…… 죽겠다. 이럴 때는 하코네箱根 온천에 가서 몸을 푹 담그면 좋은데!"

"일단 낮에 일정 소화하고 저녁에 목욕탕이라도 가자. 여기 료칸에 목욕탕 괜찮은 곳 있어."

"그래? 전에 와 봤나 보다?"

"어릴 때 두 번인가 왔었어."

히로무와 이야기하고 있을 때 기차가 멈춰 서고 창문 너머로 수증기들이 많아지기 시작하더니 시야를 완전히 가렸다.

신의주의 기차역에 들어가자 엔진에 남아 있는 수증기를 전부 배출한 것 같았다.

기차에서 내리자 역에는 관동군 군악대를 주축으로 신의

주의 공무원들과 조선인들, 일본인들로 구성된 환영 인파가 나와 있었다. 군악대는 일본 제국주의를 상징하는 군가를 연주하고 있었다.

내가 기차에서 내리자 신의주 관청에서 나온 대표가 나에게 꽃을 건네면서 인사했다.

"이우 공 전하의 신의주부 방문을 경하드리옵니다. 신의주 부지사府知事(부의 대표, 도지사, 시장과 같은 역할) 요시야마 히데아키佳山秀昻입니다, 전하."

그의 말을 듣는데, 말투가 일본인 같지는 않았다. 일본어로 말하고 일본 이름으로 소개해서 내가 물었다.

"일본인이오?"

"아……. 조선 출신이나 다 같은 천황 폐하의 신민이 아니옵니까, 전하."

그는 나의 질문에 잠시 당황하는 것 같더니 그렇게 대답했다.

그가 일본어로 이야기하는 게 짜증이 나서 악수를 할 때에 그를 끌어당겨서 그의 귓가에다 한국어로 대답해 주었다.

"난 조선인이 일본어를 쓰는 걸 안 좋아하오, 조선인이면 조선말을 써야지."

나와 몸이 떨어지자 그는 당황하여서 가만히 있었는데, 그런 그를 놔두고 그 옆에 있던 중좌와 인사를 했다.

원칙적으로 나는 대위이고 그는 중좌이지만, 지금은 내가

군인으로 온 것이 아니고 황실을 대표 자격으로 온 것이어서
그가 나에게 경례를 하였다.

✼

짧은 환영식이 끝나자 일행은 총과 총알을 만들어 내는 군
수공장을 시찰했고, 신의주에 주둔하고 있는 관동군도 들러
서 격려를 했다.

"으하! 시원하다!"

히로무가 일정이 끝난 후 목욕을 하고 왔는지 머리가 살짝
젖은 상태로 밥을 먹기 위해 내가 있는 식당의 방으로 들어
왔다.

"빨리 와, 배고프다."

히로무보다 내가 조금 먼저 씻고 나와서 식당에 앉아 기다
리다 보니 슬슬 허기가 지는 게 느껴질 때쯤 그가 들어왔고
그 뒤로 준비되어 있던 음식들이 들어왔다.

집사인 하야카와는 나와 절대 겸상을 하지 않는데, 히로무
는 조금 다른 입장이었다. 이우 공의 감시인 역할을 하던 어
릴 시절부터 같이 커 온 사이로, 허물없이 지내는 친구이자
동료였다. 그래서 신분의 차이와 상관없이 같이 밥을 먹고
같은 방에서 생활하는 것에 큰 이질감을 느끼지 않았다. 물
론 지금은 방은 따로 썼다.

"이건 뭐야? 창코나베? 무슨 국수가 있어?"

나의 앞자리에 앉아서 준비되는 음식을 보던 히로무가 놀라며 물었다.

분명 스모 선수들이 먹는다는 창코나베 같은 느낌의 음식이기는 했다. 냄비 가득 소고기가 가장자리로 둘러 있었고, 가운데에 야채들이 있는 냄비 요리였다. 그리고 작은 접시에 메밀 면이 따로 나왔다.

"어복쟁반이라고 하는 음식입니다. 이 지역 특산 음식입니다. 보통 여름에 몸의 원기를 돋우기 위해서 보양식으로 먹는 음식이옵니다."

음식을 가지고 들어오던 직원이 히로무의 말에 나를 대신해서 대답해 주었다.

"이거 맛있어?"

히로무는 호기심 가득한 눈으로 음식을 바라봤다.

"몰라, 나도 처음 먹어 보는 거라."

음식을 세팅하고 나자 음식을 가지고 들어온 여직원이 테이블 옆에 무릎을 꿇고 앉아서 설명하기 시작했다.

"육수가 끓기 시작하면 고기와 채소를 건져 드시고, 후에 면을 넣어서 드시면 됩니다. 고기와 채소는 여기 초간장에 찍으시면 됩니다. 그럼 맛있게 드십시오."

설명을 하면서 냄비를 화로 위에 올리고 육수를 부었다.

나와 히로무는 냄비가 끓기를 기다리면서 같이 나온 반찬들과 녹두전을 먹으며 이야기했다.

"기록은 하고 있지?"

"여기."

히로무는 나의 질문에 대답 대신 작은 수첩 하나를 나에게 건넸다.

그 수첩에는 동경에서 이곳까지 오면서 만났던 민족 반역자들에 대한 인적 사항과 행위들이 간략하게 적혀 있었다.

"다른 사람들 모르게 하고 있지?"

"그럼!"

"근로자들은?"

"그건 양이 많아서 서류로 따로 작성해서 보관 중이야."

이번 시찰부터 일본에 부역附逆하는 사람들에 대해서 기록을 하고 있었다.

히로무도 처음에 내가 이걸 하자고 했을 때 의문을 표했지만, 독립 후 논공행상論功行賞을 하고 부역자들을 처벌할 때에 근거로 삼을 자료로 이용할 예정이었다.

그런 서류는 내가 만드는 것보다 정보부에서 근무하는 히로무가 하는 게 훨씬 숨기기도 좋고 잘 작성할 것 같아 부탁했다.

"조심해서 나쁠 건 없으니까, 조사할 때도 다른 사람의 이목을 끌지 않도록 해 주고 보관도 걸리지 않게 해."

"정보부에서만 5년을 근무했어. 허술하게 걸릴 것 같았으면 벌써 옷 벗었지."

그는 끓고 있는 냄비에서 편육을 건져 먹으면서 대답했다.

"그리고 우리 전하께서 도발을 잘해서 시선을 끌어 주니까, 조사하기는 편해. 이상하게 그놈들은 전하의 도발을 받고 나면 정신이 없어지더라고."

히로무가 하는 말에 난 웃음으로 대답해 줬다.

"내일 가는 신징에는 이시영 선생이 보내 준 정보원도 세명이나 있으니까 훨씬 쉬울 거야. 지금 만주국은 조선에서 넘어간 친일파들의 집합소야. 조금 정보가 적어도 괜찮으니까 직접 움직이는 것보다는 정보원을 많이 이용해. 잘 부탁한다."

"걱정하지 말고 헌병대 놈들 시선이나 집중시켜 줘. 수도인 만큼 보는 눈이 많을 거야."

8장

　다음 날 아침 신의주에서 기차를 타고 출발해 기차에서 점심을 먹고 얼마 후 만주국의 수도인 신징에 도착할 수 있었다.

　신징의 신시가지가 보이는 기차역에는 관동군과 만주국 관리들이 나와 나를 환영해 주었다.

　조선이었던 신의주와는 다르게 이곳에서는 몇몇 사람들이 나와서 나를 환영하는 환영식이 진행됐다.

　신의주에서는 나를 보기 위해서 나온 조선인들이 많아서 조금 큰 규모로 했지만, 이곳은 명목상이지만 푸이가 황제로 있는 다른 왕조의 국가여서 신의주에서만큼 성대하게 하지는 않았다.

도착하자마자 난 일행과 헤어져 하야카와만 대동한 채 만주국 황제가 있는 동덕전同德殿으로 바로 출발했고, 다른 일행은 신징 야마토 호텔로 갔다. 아마 히로무는 호텔에 들렀다 남들의 눈을 피해서 정보원들과 접촉할 것이다.

　"전하, 신징을 방문하심을 환영합니다."

　황궁에 들어서자 나를 환영하기 위해 나온 인물들은 조선계였는데, 이 나라는 오족협화五族協和 이념을 기본으로 하기에 내각을 몽골, 만주, 조선, 한족, 일본 출신의 사람들이 모여서 구성하고 있었다.

　"황궁이 상당히 화려하군요."

　신징의 황궁은 일본, 조선과 다르게 중국식과 일본식, 서양식이 섞여 있었고, 마무리를 흰색 마감재와 금으로 하여서 전체적으로 금색과 흰색이 어우러진 건물이었다.

　"중국인들은 금색을 좋아하니까요."

　나를 안내하던 인물은 자신의 국가의 황궁에 대한 이야기인데 마치 다른 나라의 황궁을 말하듯이 했다. 그의 행동과 말투에 이 나라의 상황이 어떤지 단번에 느껴졌다.

　일본에 의해서 세워진 괴뢰국가여서 실질적인 나라의 실권은 관동군이 가지고 있었고 황제는 허수아비다. 그리고 내각은 일본에 손을 비비는 사람들로 채워져 있을 뿐인 거 같았다.

　"폐~하, 대일본 제국 공족 이우 공이 들었습니다."

내가 대전 앞에 도착하자 대기하고 있던 내관이 대전 안쪽으로 내가 도착을 했음을 고했다. 그러곤 나에게 안쪽으로 들어가라는 신호를 주었다.

안쪽으로 들어가자 서양식 정복을 입고 가슴에 훈장을 주렁주렁 단 채 강덕제康德帝 아이신기오로 푸이愛新覺羅溥儀가 용상龍床에 앉아 있었다.

"대만주국 황제 폐하를 뵈옵니다. 일본 제국 공족 이우입니다."

일본의 황제, 천황이라면 갖은 예를 다 갖춰서 해야겠지만, 황제라고는 하나 실질적으로 일본의 속국의 주인이다. 공족인 나와 별 차이가 없는 지위였다. 나 역시 일본의 황족으로 분류되기 때문에 푸이에게 절을 하거나 하지는 않았다. 그냥 서서 고개를 숙이고 포권을 취하는 정도로 청나라의 예에 맞춰 인사를 했다.

"환영하오, 이우 공. 천황 폐하께서는 건강히 지내시오?"

"네, 폐하. 천황 폐하께서도 황제 폐하를 뵈면 꼭 문후를 여쭈라고 하셨습니다."

"그거 감사한 일이구려, 공은 이곳 신징을 거쳐서 중화민국난징국민정부中華民國南京國民政府까지 가서 전선을 시찰한다고 들었소."

"그러하옵니다, 폐하."

"그래, 앞으로 힘든 일정이 될 텐데, 오늘은 이 신징에서 푹 쉬고 전선으로 가도록 하시오."

"폐하의 배려에 감사드리옵니다."

"그럼 가 보도록 하시오."

푸이 황제는 더 긴말을 하기 싫다는 뜻인지 용상에 몸을 묻으면서 나에게 축객령逐客令을 내렸다.

그는 일본의 허수아비, 나는 일본의 볼모인 입장으로 둘 다 반가운 만남이 아니어서인지 형식적인 인사를 끝으로 황궁을 나왔다.

"전하, 요시나리 대위는 방에 있다고 합니다."

호텔로 돌아와 짐을 풀고 쉬려 하자 하야카와가 먼저 호텔로 온 히로무의 위치를 전해 왔다. 아마 다른 하인들에게 확인한 것 같은데, 히로무는 사람들의 눈을 피해서 호텔을 벗어났을 가능성이 커 지금 그의 방으로 찾아가거나 하면 안 되었다.

"그런가? 나도 피곤해 쉴 테니, 놔두게."

"알겠습니다."

하야카와가 히로무의 방에 갈 일이 없도록 말을 하고는 호텔에서 쉬었다.

저녁을 먹어야 하는 시간까지 방에서 쉬고 있으니 문을 두드리는 소리가 들렸다.

"전하, 요시나리 히로무 대위가 뵙기를 청하옵니다."

시월이를 대신해서 나의 몸종으로 온 아이가 문밖에서 나에게 고했다.

"들라 하여라."

나의 말에 방의 문이 열리면서 히로무가 안으로 들어왔다.

나와 단둘이 있을 때나 가까운 사람들끼리 있을 때는 편하게 행동하였지만 이렇게 보는 눈이 많은 호텔에서는 조심하기 위해서 나의 문을 그냥 열고 들어오지 않고 아이를 통한 것 같았다.

"전하, 조심히 다녀오셨습니까?"

아직 닫히지 않은 문을 의식한 것인지 예를 갖추면서 고개를 숙이는 히로무였으나 아이가 문을 닫고 나자 재미있는지 얼굴에 웃음을 띠면서 상체를 세웠다. 그러다 내가 앉아 있는 탁자를 손으로 가리키자 나의 앞자리에 와서 앉았다.

"만나고 왔어?"

"일단 그들이 모아 놓은 정보는 받았고, 상세한 부분 몇 가지를 더 알려 주고 조사를 부탁했어. 지금 받은 정보들만 해도 이때까지 지나온 도시들의 정보를 다 합친 정도야."

그는 내 앞에 서류 뭉치 하나를 올려놓으면서 이야기했다. 꽤 두꺼워 보이는 자료 안에는 이곳 민족 반역자들의 행적이 비교적 상세하게 적혀 있었다.

"조선 땅에서는 피지배층이지만, 이곳에서는 지배층이 되니까 더욱 활개를 칠 거야."

히로무도 나의 말에 동의하는지 고개를 끄덕이고는 앞에

놓여 있는 물 주전자에서 물을 한 잔 따라 마셨다.

"신징무관학교는 알아봤어?"

"이제 1기와 2기 들이 교육받고 있어. 2년 과정이라 내년 부터 1기생들이 졸업하고 관동군으로 배치될 거 같아."

"2년 과정이라고? 4년제라고 알고 있는데."

히로무의 말에 이상함을 느껴 반문했다.

"아……. 맞아, 4년 과정. 근데 여기도 본토처럼 예과를 2 년 하고 졸업 후에 군에서 실습 기간을 가지고 다시 본과로 입교하는 형태인 거 같아."

"동경에 있는 사관학교와 차이는 없다는 거네."

"아니, 이곳은 목적이 초급장교들을 배출하는 것이어서, 입학 제한이 조금 더 낮아. 1, 2기를 모집할 때 본국에서 사 관학교에서 떨어진 일본인과 조선인 들이 이곳으로 대거 몰 려서, 처음 개교할 때 만주족과 한족에서 차출한다는 목적이 많이 퇴색됐어."

"전시의 군인만큼 안전하고 출세하기 좋은 게 없으니까."

히로무는 나의 말에 씁쓸한 웃음을 짓고는 다른 자료들을 보여 주었다.

"내일 군관학교를 가면 나도 조사를 하겠지만, 되도록 군 관학교의 조선인들과 이야기하는 시간 같은 거를 가져서 분 류해 낼 수 있도록 해 주면 좋을 거 같아. 군관학교에 입학한 대다수의 조선인이 창씨개명을 한 상태여서 구분이 쉽지가 않아. 정보원들도 군관학교가 폐쇄적인 곳이라 군관학교에 대해서 조사하는 건 힘든가 봐. 그래서 정보가 거의 없어."

"알았어. 그런데 군관학교에 다닌다고 해서 부역자로 분류하기는 힘들지 않아?"

이런 식으로 정보를 모으면서 분류하는 게 힘든 부분도 많았다.

지금의 조선은 이미 30년 가까이 일본의 통치를 겪었다. 그 기간이 길어지다 보니 조선 내에서 일본에 협조하지 않고는 목숨이 붙어 있을 수 없는 상황까지 왔다.

그래서 내가 세운 분류 기준은 본인이 원해서 일본에 협조를 하였는가, 이익을 위해 적극적으로 하였는가 아니면 강요 때문에 어쩔 수 없이 하였는가였다.

"조선 민족의 입장에서는 징집도 아니고 군관학교를 자원해서 왔다는 거 자체로 민족 반역자로 볼 수 있어."

히로무가 일본인이어서 나는 그의 앞에서 민족 반역자라는 표현보다는 부역자라는 순화된 표현을 자주 사용하였는데, 오히려 히로무가 나보다 훨씬 강력한 어조로 이야기했다.

"그럼 내일은 누구를 도발하거나 하면 안 되겠구나."

"조선인들을 모으려면 그게 나을 거야. 신의주에서야 구분이 확실했지만, 여기서는 조선 출신의 생도에게 용기를 준다는 식으로 해서 따로 모아야 하니까."

히로무의 이야기에 동의하면서 고개를 끄덕였다.

⋰⋱

만주국 육군군관학교는 일본이 중일전쟁에 부족한 초급장
교들을 현지에서 수급하기 위해서 만든 학교였다.

만주국 관료의 안내를 받아서 군관학교를 들어서자, 1990
년대의 학교를 연상시키는, 상아색 페인트로 칠해져 있는 4
층으로 된 건물과 연병장이 눈에 들어왔다.

학교 건물 옆으로 새로이 건물을 올리고 있는 것인지 공사
를 하는 것도 눈에 들어왔다.

연병장에는 생도들이 먼지구름을 일으키면서 열심히 훈련
을 하고 있었다.

연병장 가장자리를 돌아 학교의 중앙 현관에 차량이 도착
하자 이미 연락을 받았는지 대좌(대령) 계급장을 어깨에 달고
있는 사람을 선두로 해서 열 명 정도의 군인들이 대기하고
있었다.

"제대~ 이우 공 전하를 향해서 받들어~총!"

내가 차에서 내리자 부관으로 보이는 대위의 선창 후에 단
체로 경례했다.

과거 '진짜사나이'에서 봤을 때 한국 군인들은 '충성'이라
는 경례 구호를 붙이는 거 같았는데, 일본의 경례는 구호가

전혀 없이 선창 이후에 손을 쭉 펴서 눈썹 옆에 붙이는 것으로 마무리했다.

"제대~ 차렷!"

내가 경례를 받고 나자 구호에 맞춰서 차렷을 했는데, 이들의 군기가 상당히 잘 잡혀 있다는 게 경례 하나에서 느껴졌다.

"방문을 환영합니다, 이우 공 전하. 저는 만주국 육군군관학교의 학교장 타카타 카츠요시高田桂由 대좌입니다, 전하."

내가 손을 내밀어 악수하자 그가 딱딱 끊어지는 군인 특유의 말투로 대답했다.

처음에 대좌가 나와 있어 나를 마중 나온 사람이라 생각하고 학교장은 따로 있는 줄 알고 있었는데, 그가 학교장이라고 해서 내심 놀랐다.

보통 학교장이라고 하면 60대의 나이가 많은 사람이라고 예상을 해 그렇게 생각하고 왔는데 예상과는 전혀 다르게 젊은 사람이었다.

햇볕에 그을린 검은 피부에, 말랐지만 탄탄한 몸, 모자 아래로 보이는 짧은 머리 등 전형적인 야전의 군인 같은 느낌을 내뿜는 그는 학교장이라는 직책이 어울리지는 않는 사람 같았다.

"반갑습니다. 이우라고 합니다. 천황 폐하를 비롯한 황실을 대표하여 그대의 노고에 감사드립니다."

"아닙니다, 전하! 천황! 폐하의 은혜로 사는 군인으로서 천황! 폐하의 영광을 위해서 해야 할 일을 했을 뿐입니다!"

"그대 같은 사람이 있으므로 제국의 장래가 밝은 것입니다."

나의 목적 달성을 위해서 내뱉는 말에 학교장이라고 밝힌 대좌는 진짜 천황이 와서 노고를 치하라도 한 듯 표정이 밝아졌다. 그는 정말 가문의 영광으로 후대에 전할 듯이 기뻐했다.

"작전교육과장 중좌 카제나 츠요시입니다. 만나 뵙게 되어서 영광입니다!"

"포병교육과장 소좌……."

학교장과 악수를 하고 난 이후 줄줄이 서 있던 사람들과 악수를 하면서 일일이 자신을 소개하는 것을 들었다.

"정훈政訓과장 소좌 카토 타카토시我藤隆俊입니다. 전하의 본교 방문을 경하드립니다. 만나 뵙게 되어서 영광입니다, 전하."

마지막 사람까지 인사를 다 하고 나자 학교장과 이야기를 하기 위해 교장실로 이동했다.

교장실의 상석에 내가 앉고 나의 뒤로 하야카와와 히로무가 시립했다. 나의 앞자리엔 학교장과 중좌인 세 명의 장교, 그리고 나를 안내해 온 만주국의 관료가 앉았다. 교장실이 회의실처럼 크지 않아서 과장들이 다 들어오지는 못하고 같은 과장 중에서도 상급자인 세 명만 들어온 거 같았다.

"이곳에는 생도가 몇 명이나 되는가?"

"네, 전하, 현재 이곳에서는 5백 명 정도의 생도가 교육받고 있습니다. 작년에 입학한 173명의 1기생과 2기생 220명 그리고 이곳의 전신인 봉천군관학교의 9기생들 105명이 교육 중입니다."

자신을 작전교육과장이라고 소개를 했던 사람이 대답했다.

일본의 사관학교보다는 작은 규모였으나, 처음 예상했던 것보다는 훨씬 큰 규모였다.

아직 본과 학생들은 없고 예과 학생들만 있는 상태인데 이정도 인원이면, 후에 본과까지 합치게 되면 인원이 두 배 정도 늘어날 것 같았다.

"생도가 많군요."

"만주국의 국민과 본국의 국민이 많이 지원해 주어서 2기 생부터는 정원을 늘려서 받는 중입니다. 매년 인원을 늘려서 5기 때에 한 기수에 3백 명을 유지하는 것을 목표로 건물과 학생을 늘려 가고 있습니다."

본관 옆에 짓고 있던 게 새로운 생도들을 늘리기 위해서 증축 중인 건물인 거 같았다.

"역시, 우리 제국은 아시아를 위해서 큰일을 하고 있군요."

만주국의 군관학교지만 이 방 안에 있는 사람 중에 만주 사람은 관료 한 명뿐이었다. 조선인인 나와 일본인 두 명, 조선인 한 명으로 구성되어 있는 군관학교 과장들 그리고 일본인인 학교장까지 만주국 입장에서는 다 외국인이었다.

조선인이 중좌 계급으로 무관학교의 과장으로 있다는 게 신기했는데, 그는 김인욱이라는 이름의 조선 사람으로 쉰 살 전후로 보였다.

귀족이 아닌 조선 사람이 중좌까지 오르는 건 이례적인 일이다. 상당히 높은 공적을 쌓아서 진급을 한 사람 같았다.

그는 지금 만주군관학교의 보급과장으로 근무하고 있었다.

"아시아를 생각하는 대일본 제국의 은혜에 감사드립니다."

나의 말에 관료가 자리에서 일어나 나에게 인사를 하면서 말했다.

"그렇게까지 예를 갖출 필요는 없어요. 앉으세요."

관료를 자리에 앉히자 작전장교가 자리에서 일어나 전지에 적혀 있는 연혁들을 보여 주면서 이곳 군관학교에 대해서 간략하게 설명했다.

10분 정도 설명을 하고 나서 마무리가 될 때쯤 중위 한 명이 들어와서 작전장교에게 귓속말로 무언가를 알려 왔다.

'무슨 일인가?' 하고 지켜보니 작전장교가 나에게 말했다.

"전하, 지금 전교생이 오전 훈련을 끝마치고 연병장에 집합했습니다. 전하께서 오전 훈련을 마치는 훈시를 해 주시면 큰 영광일 것 같습니다."

그는 이미 관료를 통해서 알고 있는 말을 했다. 만주국에서 이미 하야카와를 통해 알려 주었다. 사실 왕공족에게 부탁한다는 것 자체가 상당히 무리한 부분이지만 이렇게 미리 조율하고 현장에서 형식적인 부탁을 하고 허락하는 게 일본 황실의 방식인 듯했다.

"아, 그래요? 그거 괜찮네요. 나가시죠."

내가 자리에서 일어나자 방 안에 있던 모든 사람이 같이 자리에서 일어났다.

밖으로 나가자 생도 5백여 명과 기간병과 간부 들까지 해서 7백 명 정도 되어 보는 인원들이 연병장에 모여 있었다.

중앙에 나무로 되어 있는 임시 연단이 설치되어 있었다. 내가 올라서자 제대 중앙에 있는 지휘자가 뒤를 돌아서 선창을 했다.

"부대~ 차렷! 이우 공 전하에 대하여 경례!"

착!

7백 명이 넘는 인원들이 경례하자 구호 없이 조용히 해서인지 팔이 움직이는 소리가 상당히 크게 들렸다.

"바로. 1기 생도 대표 가나자와 쿄타로 외 717명 훈시 집합 완료."

여기 생도들은 군기가 상당히 잘 잡혀 있는지 7백 명이 넘는 인원이 움직이는데도 마치 한 사람이 움직이는 것처럼 절도 있었다.

훈시는 하야카와가 미리 준비를 해 준 대로 읽었다. 더운 날씨에 고생이 많다, 한창 전쟁 중이니 열심히 해라 같은 이야기들로 채워졌다.

처음에 준 원고에는 천황 폐하를 위해서 성전에 나가 성스럽게 죽으라는 말도 있었는데, 내가 내 입으로는 할 자신도 없고 하기 싫어서 조용히 빼 버렸다.

이곳 출신들은 소수의 성적 우수자만 일본 유학을 거쳐서 만주국의 중요 장교가 되는 길을 가고, 대부분은 바로 관동군으로 배치받아서 강제징용이 된 사람들과 함께 총알받이로 사용될 것이다.

훈시가 끝나자 병사들은 점심을 먹거나 개인 정비를 하기 위해서 해산을 했고, 나를 비롯한 단상의 사람들도 점심을 함께 먹기 위해서 이동을 했다.

병사들이 먹는 음식과 같은 음식을 먹는 줄 알았더니 내가 온다고 해서인지 반찬의 가짓수도 많고 먹을 만한 것도 많은 상이 준비되어 있었다.

"그런데 이곳에 김인욱 중좌 같은 조선 출신의 장교들도 많이 있는가?"

"하! 전체 인원을 확인해 보지는 않았으나 3할 정도가 반도 출신의 일본인인 것으로 알고 있습니다."

밥을 먹으면서 내가 넌지시 말을 하자 내 자리 근처에서 밥을 먹던 장교 하나가 대답했다.

"인원이 꽤 되는구려. 교장이 배려해 준다면 조선 출신의 생도들에게 격려를 해 주고 목적의식을 고취하기 위해서 정훈을 진행했으면 좋겠는데, 어떻게 생각하시오?"

나의 앞자리에 앉아서 같이 밥을 먹고 있던 교장이 나의 말에 웃으면서 대답했다.

"제가 부탁을 드리고 싶었는데 전하께서 직접 그렇게 해 주시겠다면 영광입니다. 카토 소좌!"

학교장인 다카타 카츠요시는 계급이 낮아서 말석에 앉아서 밥을 먹고 있던 정훈과장 카토 타카토시를 불렀다. 그러자 그가 급히 자리에서 일어나 학교장에게 뛰어와서 대답했다.

"はっ!"

"오후에 반도 출신의 신민들에게 공 전하께서 정훈을 실시하신다니 준비하도록."

"はっ!"

정훈장교는 큰 소리로 대답하고 다시 자신의 자리로 돌아갔다.

"여러분들을 이렇게 모은 것은 먼 만주에서 구슬땀을 흘리면서 조국을 위해 열심히 훈련하고 있는 모습이 보기 좋아서 격려를 하려는 것입니다."

특별히 할 말은 없었다. 분류가 필요해서 구분했을 뿐 평범한 이야기들로 정훈 시간을 채웠다.

"조국을 위해서 목숨을 바치는 것도 좋기는 하지만, 살아서 조국을 위해 그 목숨을 소중히 쓰는 것도 중요합니다."

대일본 제국? 일본 제국? 천황? 이런 말을 쓰기는 싫어서 조국이라는 말로 돌려서 말했다.

본심은 일본을 위해서 목숨을 걸지 말고 살아서 진짜 조국을 위해서 귀하게 써 달라는 거였지만, 보고 있는 눈도 많고 함께 참석한 기관병들과 일본인 장교들도 꽤 있어서 다른 말로 때웠다.

생도는 조선인만 모았지만, 순수하게 조선인만 있는 것도 아니었다. 그리고 이렇게 많은 인원 앞에서 조선의 독립이니 하는 말을 했다간 어떤 후폭풍이 찾아올지 몰랐다. 한두 명에게 하는 이야기라면 증거가 어디에 있느냐고 하고 끝내면 그만이지만 여긴 아니었다.

전쟁에 대해서 쓸모없는 말들을 하다 보니 예정했던 정훈 시간이 끝이 났다.

정훈이 끝나자 정훈장교와 하야카와가 함께 단상으로 올라왔다.

처음에 정훈만 하려고 하였는데, 목적의식 고취라는 말을 내가 잘못 꺼내는 바람에 정훈 말고 다른 것도 무언가 해야 했다. 같이 왔던 히로무가 우수 학생 한 명한테 장학금을 주는 것으로 하라는 아이디어를 내어 그렇게 하기로 했다.

"이 생도는 나이 초과로 입학시험에 떨어졌는데, 천황 폐하께 충성을 맹세하는 혈서를 써서 학교장님이 특별 허가를 해 주었습니다. 연제 2기 생도 중에서 가장 성적이 우수한 학생입니다. 1, 2기를 합쳐서 반도 출신의 신민 중에서 가장 성적이 우수하고 교과 학습 태도가 좋은 친구입니다."

정훈장교는 나에게 와서 상을 받을 사람에 대해 말을 해 줬는데, 나의 머릿속으로 해석되기로 여기 있는 부역자 중에서 가장 열심히 부역한 놈이라고 들렸다. 안 와도 되는 이곳을 오려고 혈서까지 쓴 조선인이 정상적으로 보이지는 않았다.

"다카키 마사오高木正雄, 앞으로."

가장 앞자리에 앉아서 나를 보고 있던 한 학생이 내가 서 있는 단상 앞으로 나왔다.

어디서 많이 들어 본 이름이기는 했는데, 내가 이 시대 사람을 어떻게 알겠나 하고 별생각 없이 상장을 수여했다. 어차피 내가 독립에 성공하면 여기 이 자리에 있는 사람 중에 독립국의 군에 들어올 수 있는 사람도, 피선거권을 가지는 사람도 없을 것이어서 별 신경을 안 썼다.

그가 단상 앞에서 서고 내가 상장을 들자, 마이크를 잡고 있던 정훈장교가 내용을 읽어 가기 시작했다.

"상장, 위 생도는 평소 투철한 선민의식과 충성심으로 만주육군군관학교 생도로 생활하며 교과과목에서 우수한 성적을 내고 타의 모범이 되었기에 이 상장을 수여합니다. 대일본 제국 황실 대표 공족 이우."

내가 상장을 수여하고 악수하자 상장을 받은 그가 큰 소리로 외쳤다.

"일본인으로서 수치스럽지 않을 만큼의 정신과 기백으로 일사 봉공—死奉公의 자세로 천황 폐하께 견마犬馬의 충성을 다하겠습니다!"

그는 아주 자랑스럽다는 표정으로 나에게 그렇게 말을 해 순간 인상이 찌푸려지는 걸 급히 다시 원상태로 돌리고 웃으면서 대답해 주었다.

"아주 용맹하구나. 그래, 그렇게 노력하거라."

'그러면 후에 나에게 치도곤을 당할 테니 말이야.'

뒤의 말은 할 수 없었지만 웃으면서 대답을 해 주었다.

일정이 끝이 나 생도들의 경례를 마지막으로 소강당을 나왔다.

"공 전하, 정말 감동을 자아내는 강연이셨습니다. 대일본 제국의 군인으로서 목숨을 소중히 여기라는 말씀은 모든 생도에게 귀감이 되었을 거 같습니다."

학교장이 나에게 와서 악수하며 감격한 목소리로 말했다. 내가 말한 뜻이 그에게 정확하게 전달되지 않았지만, 그 나름대로 잘 들은 거 같아서 웃어 주었다.

신징에서의 남은 일정을 소화하고 호텔로 돌아와서 잠시 쉬면서 서류를 살펴보고 있었는데, 낮에 만났던 사람에 대해서 문득 떠올랐다.

이지훈으로 살 때 인터넷에서 봤던 박정희 전 대통령의 일본식 이름이 '다카키 마사오'였던 게 머릿속을 지나쳐 갔다.

원래 히로무의 방에 가서 만나기로 했던 시간이 아직 남아 있었으나, 조금 빠르게 자리에서 일어났다. 방에서 대기하는 하녀에게 따라오지 말라고 이야기한 다음 히로무의 방으로 찾아갔다.

방 앞에서 노크하자 히로무가 나와서 방문을 열어 주었다. 히로무는 방 밖에서 볼 수 없도록 가리면서 내가 들어갈 수 있게 해 주었다.

방 안으로 들어서자 테이블 위에는 많은 서류가 쌓여 있었고, 한쪽에는 천을 몇 번 덧대어 만든 옷이 차곡차곡 쌓여 있었다.

옷은 외형보다는 오로지 따뜻함을 위해 만들었다는 느낌을 주는 것이었는데, 아마도 이곳을 방문한 사람들이 입고 온 옷인 거 같았다.

"사람들은?"

나의 말은 들은 히로무는 한쪽에 있는 붙박이장을 손으로 가리키며 말했다.

"이제 나오세요."

히로무는 조선어로 말했다. 어린 시절부터 이우 공과 친하게 지낸 그는 조선어도 능숙하게 했다.

어린 시절의 이우 공은 지금보다 훨씬 저항적인 성격을 밖으로 표출했고, 일본에 오고 나서 2년 동안은 아예 일본어를 쓰지 않을 정도로 일본에 대한 반감을 드러냈다.

경호원이자 감시인인 히로무는 이우 공과 친해지기 위해서 또 감시하기 위해서 자의 반 타의 반으로 조선어를 배웠고, 지금은 꽤나 수준급으로 하는 상태였다.

히로무의 말을 들었는지 붙박이장 안에서 양복을 입은 세 사람이 문을 열고 밖으로 나왔다. 그들은 나를 보더니 순간 놀랐다가 바로 무릎을 꿇고 말했다.

"전하를 뵈옵니다."

곽재우는 나를 전하라고만 표현했다. 골수 대한제국파인 그는 일본이 내려 준 공 작위를 말하는 건 일본에 순응하는 거라 생각했다. 또 지금 나의 지위가 융희제의 적통 후계자이기는 하나 국왕이나 황태자로 공식적으로 오른 것은 아니어서 다른 호칭은 힘들었다. 그래서 전하라는 경어만 사용하고, 직함에 대해서는 말하지 않았다.

이 세 사람도 곽재우 밑에 있는 사람들답게 나에게 전하라는 경어만 사용했다.

"이곳까지 와서 힘든 일을 해 주어 미안하고 고맙소."

"아닙니다, 전하. 조국을 위해 하는 일일 뿐입니다. 그런 말씀 하지 않으셔도 됩니다."

가장 오른쪽에 무릎을 꿇은 사람이 리더인지 나의 말에 대답했다.

"일어나시오. 일이 바쁘니 예의는 나중에 차려도 좋소."

나의 말에 무릎을 꿇었던 세 명이 자리에서 일어났다.

"앉으시오. 히로무, 어느 정도 진행했어?"

"일단 대략적인 정리는 끝이 난 상태이고, 생도들에 대해서는 일단 지금 구한 인적 사항들과 비교해 정리하고 있었습니다. 세 사람이 많은 정보를 구해 주어서 예상보다 일찍 끝이 날 것 같습니다."

"별말씀을. 히로무 대위님이 훨씬 많은 일을 하셨죠."

히로무를 포함한 네 명은 이번 일을 진행하면서 처음 만났을 텐데 위험한 일을 같이한 전우라는 느낌이 있는 건지 말이 오고 가는 분위기가 편안해 보였다.

"히로무, 아까 낮에 내가 상장 준 생도 기억나?"

"네, 기억하고 있습니다. 분명 다카키 마사오라는 이름을 가진 청년이었죠."

"그래, 그 생도는 어때?"

"저희가 조사한 바에 의하면 전직은 교사이고, 반민족 행위에 대한 자료는 여기 있습니다. 이미 상당한 반민족 행위를 한 것으로 조사되었습니다."

히로무가 이야기하자 세 사람 중 리더인 사람이 서류 더미에서 한 장의 서류를 찾아서 나에게 말했다.

"다카키 마사오, 한국 이름 박정희. 1917년생으로 대구사범학교를 나와 문경공립보통학교 교사로 근무 중 군인이 되기 위해서 신징군관학교 지원. 제한 나이를 넘어서 군관학교 시험에서 탈락했는데, 들어가기 위해서 혈서를 써 보내 학교장과 징병 담당자인 만주국 육군 소장의 마음을 돌려 합격. 그 부분은 만주국 신문에 실릴 정도로 유명했습니다. 그리고 생도가 되기 전에 이미 만주국에서 주도했던 중국공산당 예하의 팔로군과의 전투에 자원병으로 참여한 기록까지 있습니다."

"그래도 아직은 심각할 정도는 아니군."

다카키 마사오에 대해서 설명하는 것을 듣고 있으니 아직은 큰 민족 반역 행위는 없었단 생각이 들어 한 말이다. 그러자 나의 말을 들은 히로무가 대답했다.

"팔로군 중에 조선의 독립운동가들이 많다는 것을 고려하면, 3급 이상으로 분류하여도 문제없을 거 같습니다."

"지금 3급으로 되어 있는 것이오?"

"현재는 그렇습니다."

"알겠소. 그렇게 분류해 놓고, 이 사람 서류는 조금 주의 깊게 챙겨 주시오."

"네, 알겠습니다."

나와 히로무는 이곳을 떠나지만 세 사람은 앞으로도 신징에 남아서 부역자들에 대한 정보를 모을 예정이었기 때문에 리더가 나의 말에 대답했다.

"서류는 세 곳으로 나눠서 보관을 하는 게 좋을 거 같소. 히로무 혼자 보관하는 것도 혹시 무슨 일이 생겼을 때는 파기를 해야 하는데, 원본만 보관을 하는 건 위험하니까. 과거 실록을 보관했던 것처럼 합시다. 한 부는 히로무가, 한 부는 이곳에 계신 분들이, 나머지 한 부는 인편을 통해서 연해주의 곽재우 대장에게 보냅시다."

"아, 그거 좋은 생각인 거 같습니다."

"좋네요. 당장 그렇게 하도록 하겠습니다."

나의 제안에 히로무는 웃으면서 대답했고, 세 사람의 리더는 웃으면서 바로 서류들을 정리하기 시작했다.

"그럼 일들 보시오. 공작금은 여기 넣었소. 부디 몸조심하며 조사하시고, 나중에 좋은 세상에서 만나도록 합시다."

내가 더 있어 봐야 일을 도와줄 수 있는 부분도 없고 해서 내가 해야 할 말만 하고 가지고 온 돈 봉투를 그들에게 넘겨 준 뒤 자리에서 일어났다.

그러자 네 사람은 자리에서 일어나 나를 배웅했다. 그런 뒤 세 명은 다시 옷장으로 들어갔고, 히로무만이 나를 문으로 안내해 주었다.

"조심하고, 그들이 잘 돌아갈 수 있게 부탁해."

"제가 잘 챙겨 문제가 생기지 않도록 하겠습니다."

히로무는 웃으면서 대답해 주었다.

✻❀✻

신징에서 며칠 더 있으면서 조사를 조금 보강했으면 좋았겠지만, 이곳에서의 일정은 피정복국 왕족인 나에게 일본군의 전선과 정복 지역을 보여 주려는 것이었다. 그래서 그 우월함과 강력함을 각인을 시켜 딴생각을 품지 못하게 할 목적이라 궁내성에서 구성한 일정에 따라서 움직이고 있었다.

신징에서의 일은 그곳의 정보원에게 마무리를 부탁하고 최전방 전선을 순시했다.

이미 3년을 넘게 이어 온 전쟁이어서 서로 큰 전투 없이 전선만 유지가 되는 상황이었다.

전쟁은 길어졌고 병사들은 지쳤다. 중국 전쟁이 일찍 끝나야 하는데 그 기간이 길어지니 보급이 힘들어지는 게 한눈에 들어왔다.

나에게 훈시를 시킨 전장들은 그나마 상태가 괜찮은 곳일 텐데도 보급 상황이 썩 좋아 보이지 않았다.

처음에 전쟁을 시작하면서 공언했던 2년 안에 중국을 차지한다는 목표는 이미 무너져 전쟁은 3년을 넘어서고 있었다.

지금 중국은 세 개의 나라로 나뉘어 있었다.

남으로는 중경을 수도로 장제스가 이끄는 중화민국의 국민당이 차지하고 있었고, 북쪽으로는 옌안을 중심으로 마오쩌둥이 이끄는 중국공산당이 차지를 했다. 그리고 만주에서부터 산해관, 상해, 난징까지 이르는 바닷가 항구는 해군력이 강력한 일본에 의해 만들어진, 왕징웨이가 이끄는 괴뢰정권 중화민국난징국민정부가 차지하고 있었다.

이 세 개의 정부 중에서 중국 대중의 지지를 가장 많이 받는 정부는 마오쩌둥의 공산당이었다.

국민당은 장제스의 리더십이나 비전은 좋았으나 그의 밑에 있는 관리들이 너무나도 부패했고, 왕징웨이 정권은 기본적으로 일본이 만든 괴뢰정부인 데다 처음 중화민국의 이전 수도인 난징을 점령하면서 '난징 대학살'이라는 말도 안 되는 일을 벌여서 문제가 많았다. 최소 20만 명에서 최대 30만 명에 가까운 사람을 학살하였기 때문에 왕징웨이가 아무리 잘 다스려 보려고 해도 첫 단추가 잘못 끼워져 중국 대중으로부터 지지를 받을 수가 없었다.

객관적인 전력은 일본군이 앞서고 있었으나, 국민당과 공산당은 오랜 내전을 잠시 멈추고 제2차국공합작으로 일본군에 대항했다.

특히 마오쩌둥이 이끄는 공산당은 객관적인 화력의 차이를 인정하고 자신들의 장점인 많은 인구수를 활용하여 게릴라전을 통해 일본을 괴롭히며 승전보도 올리고 있었다.

궁내성은 그렇게 게릴라들에게 당한 지역이나 게릴라가 나오는 지역은 제외하고, 확실하게 점령한 지역과 주력군이 주둔하고 있는 곳 위주로 순시하도록 일정을 주었다.

관동군과 만주군은 지방의 작은 마을들을 일일이 점령하는 것은 포기하고 대도시들을 점령한 후 버티는 상태로 돌아섰다.

만주국에서 출발해 아래로 내려오며 전방의 전선들을 순시한 이후 왕징웨이가 이끄는 정부가 있는 난징으로 들어갔다.

"이제 넌 편하겠다?"

난징으로 가는 기차 안, 침대가 있는 벽에 기대어 누워 탁자에서 수첩에 무언가를 적고 있는 히로무에게 말했다.

"이제부터는 궁내성에 전하의 나쁜 짓을 보고해야지."

히로무는 나의 말에 고개를 두어 번 흔들고는 대답했다.

"내가 나쁜 짓을 했어? 설마, 내가 얼마나 착한 사람인데."

"그러게. 참 나쁜 짓 많이 했는데, 보고서의 이 사람은 최근 들어서 점점 일본에 반항하지 않고 협조적으로 행동하고 있어. 그런 전하 덕분에 이야기가 점점 줄어드는 거 같네. 여기."

히로무는 자신이 쓰고 있던 수첩의 종이 한 장을 찢어서 나에게 넘겼다. 그 종이에는 내가 시찰에서 본 군인과 그 위용에 대해서 놀랐다고 적혀 있었다.

"이제부터는 조용히 지내야 하는 건가?"

"이곳으로 오기 전에 신의주에서 마지막 반항을 했고, 신징에 넘어와서부터 군의 위용을 실제로 보고 반항을 하지 않기로 했다가 되는 거지. 이제부터는 꼭 필요한 경우가 아니라면 참는 게 좋아."

처음에 내가 가장 먼저 하려고 했던 건 일본에 반항을 하지 않아 이목을 끌지 않는 것이었다.

이우 공의 기억을 찾아보니 일본에 대해 반발하는 행동들을 자주 했는데, 계속 이런 식으로 반발해 이목을 끌어서 좋을 것이 없어 일본에 넘어오고 나서부터는 거의 하지 않았다.

그러자 바뀐 나의 행동을 히로무가 가장 먼저 알아채고 나에게 물었다. 나의 계획에 대해서 이야기해 주니 이런 식으로 단번에 행동을 바꾸게 되면 오히려 시선을 끌 가능성이 크니 조금씩 줄여 나가다가 완전히 없어지는 계기를 만들자고 했다. 그 계기가 이번 시찰인 거 같았다.

"이거 작가가 누군지 이야기 좋네, 구성도 탄탄하고. 이거 제목이 뭐야? 황태자의 슬픔?"

히로무는 나의 말이 재미있었는지 입에 미소를 걸고는 수첩에 계속해서 무언가를 적어 나가다 나에게 말했다.

"이상한 소리 하지 말고, 여기서 만날 사람 있다고 했잖아."

"난징은 내륙에 있어 이동하기 힘들어서 상해에서 만나기로 했어. 상해에는 영국 조계지도 있고 프랑스 조계지도 있으니까. 일단 그 사람은 홍콩에서 영국 관계선을 타고 상해 조계지로 들어왔다 나가기로 했어."

히로무는 나의 말에 쥐고 있던 수첩과 펜을 잠시 내려놓고 나를 바라봤다.

"영국? 그쪽에도 아는 사람이 있어?"

"직접적으로는 아니고 건너서 알고 있는 사람이 있어."

이시영 선생이 상해에서 활동할 때에 상해의 공사관에 나와 있던 영국 공사와 인연을 맺어서 큰 도움을 받을 수 있었다.

"다행이네. 그 사람을 만난다고 해서 어떻게 해야 하나 생각했었는데."

그 사람은 바로 약산 김원봉이었다. 원래 백범 김구 선생도 같이 만나고 싶었는데, 그분은 현재 임시정부의 주석이어서 아무리 내가 왕족이라고 해도 위험을 무릅쓰고 만나 주진 않았다.

"일단 잡은 계획은 영국 조계지에서 만나는 거야. 내 생각에는 영국 공사관에 볼일을 만들어서 잠깐 둘러서 가는 것도 괜찮을 거 같은데 어때?"

"공사관? 그 아는 사람이 공사관 쪽 사람이야?"

"아…… 그게, 상하이는 아니고 홍콩 총독부 쪽에 아는 사람이야. 그래서 직접 영국 공사관에 방문하거나 약속을 잡기는 힘들어."

조금 무책임해 보이기는 했으나, 아무리 생각해 보아도 마땅한 방법이 없어 히로무에게 방법이 없는지, 아니 방법을 만들라는 뉘앙스로 말했다. 그러자 히로무는 나의 뜻을 알았는지 바로 답했다.

"그 방법도 포함해서 여러 방법을 고민해 보고, 상해에 가면 어떤 게 가장 괜찮은지 말해 줄게."

히로무는 나의 말을 수첩에 적었다.

난징에서는 특별한 일정이 없었다. 원래대로라면 난징에서 왕징웨이를 만나야 했지만, 지금은 그가 대동아 회의 참석차 일본으로 가 있어서 볼 수 없었다. 대신 그 밑에 있는 장관을 만나 잠시 이야기를 하는 게 끝이었다.

난징은 정부가 수립되기는 했으나 아직 설립된 지 2년 정도밖에 안 되었고, 만주국만큼 지배력을 가지고 있는 상태도 아니었다.

난징 대학살 이후 3년이 지났지만, 아직 완벽하게 치안을 확보한 상태가 아니어서 중공군이 게릴라로 잠입하여 테러를 일으키기도 해 난징 정부에 잠시 얼굴만 비치고 일본으로 돌아가기 위해서 상해로 넘어갔다.

왕징웨이가 난징에 있었다면 난징에 잠시 머물며 왕징웨이를 만나야 했을 테지만, 지금은 아니었다.

궁내성에서도 내가 혹시라도 이곳에서 문제가 생기면 힘들어질까 봐 난징에는 잠시만 들렀다가 치안이 잡혀 있는 상해로 이동하기를 바라는 듯 그렇게 일정이 짜여 있었다.

난징은 지금 크고 작은 테러와 암살이 자주 일어나서, 궁내성에서는 전선보다 더 위험하다고 판단했다. 그 덕분에 귀찮은 일정 없이 상해로 넘어갈 수 있었다.

9장

상해에 도착했다. 두 달 가까운 기간 동안 전선을 돌아다니느라 제대로 된 침상도 없이 야전침대에 지내면서 이동을 했는데, 호텔에 들어가니 오랜만에 보는 침대가 나를 반겼다.

침대의 포근함을 잠시 만끽하고 있을 때, 문을 두드리는 소리가 들렸다.

"누군가?"

"전하, 요시나리 히로무 대위가 찾아왔습니다."

"들라 하라."

나의 허락이 떨어지자 히로무가 문을 열고 들어왔다.

히로무는 방으로 들어와서 내가 가리키는 의자에 앉았다.

"방법은?"

"처음에 이야기했던 방법이 가장 좋은 거 같아."

"공사관? 그쪽에 줄을 댈 수가 있어, 일본 애들이 의심하지 않게?"

"아니, 그쪽 말고 미국으로."

"미국?"

"어차피 영국이랑 미국이 조계지를 공유하고 있어서, 미국 조계지로 들어가도 똑같으니까."

히로무는 나에게 서류 한 장을 건네주면서 말했다. 서류는 조계지 출입 허가서였다.

"구실은?"

사실 조계지를 들어가는 것은 어렵지 않으나 일본의 눈을 속이는 게 문제였다.

"방문지를 한번 봐 봐."

무슨 말인가 하고 방문지를 보니 조계지 내에 있는 미국의 병원이었다.

"병원?"

"지난번에 일본에서 정밀 검사를 받았잖아. 그때 괜찮다고 나왔지만, 의료 기술은 일본보다는 미국이 앞서니까 그곳을 방문한다는 핑계로 만들었어."

"오! 역시 히로무는 다르네! 이래서 나한테는 네가 필요한 거야!"

생각지도 못했던 방법이었다. 조계지 내에 있는 정부 관련 건물을 이용하려고 했는데, 히로무가 전혀 새로운 방법을 찾아냈다.

"그리고 검사를 하고 나서, 병실에서 잠시 대기할 거야. 원래는 마취했다가 풀리는 시간이 있어서 대기를 하는 건데, 그 마취를 하지 않기로 했어."

"와……. 이런 건 어떻게 생각한 거야? 대단하네."

"난징에서 방법을 구해 보려고 이리저리 알아봤는데, 동경에 있을 때 도움을 받았던 의사분이 지금 상해에 있는 병원에 있어서 그분을 통해서 길을 만들었어."

"대단하네."

"일단 거기에 조계지 출입 허가서가 있고, 이거는 건강검진 예약해 놓은 서류야. 회복실로 들어가면 그 방에 그 사람도 같이 누워 있을 거야."

지금 약산 김원봉 선생은 일본으로부터 엄청난 현상금이 걸려 있는 상태로, 지금 일본 땅에 들어간다는 것은 목숨을 거는 일이었다. 그래서 되도록 조계지를 벗어나지 않게 하려고 준비를 했다.

"그런데 그쪽에 연락을 해 줘야 하는데, 연락을 어떻게 해야 하는 거야?"

나와 약산 선생이 연락을 따로 해서 히로무는 방법을 전혀 모르고 있어 물어 왔다.

"원래는 인편으로 했었는데, 이번엔 그 관계선이 도착하면 배로 연락해 주기로 했어. 그건 내가 연락을 할게."

"그럼 여기 있는 이 사람을 병원에서 찾으면 된다고 해."

히로무는 나에게 쪽지 한 장을 더 건네주고는 방에서 나갔다.

가장 큰 문제가 마지막 접선 방법이었는데, 그것을 히로무가 해결하고 나자 조금은 편안한 마음으로 방에서 쉴 수 있었다. 약속된 날짜도 내일이어서 오늘 하루는 시간이 남아 온전히 휴식을 취할 수 있었다.

❦

"전하, 아직도 몸이 좋지 않으신 겁니까?"

내가 상해의 병원에서 검진을 받는다는 소식을 하야카와가 들었는지, 나의 방에 와서 이야기했다.

"아닐세. 이곳의 진료 시설과 의료 기술이 제국보다 좋다기에 내 검진을 한번 해 보려고 할 뿐이야. 올 초에 몸이 안 좋았으나 제국에서는 원인이 안 나와 혹시나 하고 해보는 것일세. 그러니 걱정하지 말게나."

"전하, 제국의 의료 기술은 세계 제일이옵니다. 황실병원에서 괜찮다고 했는데, 굳이 이곳에서 검진을 하실 것까지는……."

하야카와가 나에게 검진을 하지 말라는 식으로 말하는 거 같아서 그의 말을 끊었다.

"어허, 내 제국의 의술이 좋은 것은 익히 알고 있으나, 혹시나 하여서 검진하는 것이니 자꾸 토를 달지 말게."

"전하……."

"그 이야기는 그만하고, 할 말이 없으면 나가게."

괜히 그와 더 이야기를 하다가 혹시나 건강검진이 취소될까 해서 그가 더는 말을 하지 못하도록 해 버렸다.

그가 나에게 와서 말을 하는 이유는 일본에서 했던 진료가 확실했다고 믿는 것도 있었지만, 내가 조계지로 들어가 염려되는 것도 있을 것이다.

조계지로 들어가려면 허가가 필요했는데, 경호원 모두 출입 허가를 받기는 힘들 것이다. 그렇다는 것은 나에 대한 경호가 약해진다는 말이고, 다르게 말하면 나에 대한 감시도 소홀해진다는 뜻이었다. 사실 이번 순시 중에 내가 허튼짓을 하지 못하도록 궁내성에서 파견한 경호원이 열 명이나 있었다.

"……."

하야카와는 뭐라고 더 말을 하려고 하다 내가 단호해 보였는지 더는 말을 하지 않고 방을 나갔다.

다음 날 아침 히로무는 단 두 장의 조계지 출입 허가증을 추가로 가지고 왔다. 그것은 자신과 하야카와의 것이었다.

"제가 경호원들 것까지 구해 보려고 하였는데, 힘들었습니다. 특히 요즘 미국과 제국이 분위기가 냉각되어서 두 명 것도 겨우겨우 구했습니다."

"전하, 분위기도 좋지 아니한데 이번 검진은 취소하시는 게 더 나을 것 같습니다."

하야카와는 그래도 경호원 몇 명은 데리고 갈 줄 알았더니 달랑 자신과 히로무 두 명만 간다는 것을 듣자 바로 나에게 이야기했다.

"분위기가 그리도 안 좋은가?"

하야카와가 이렇게 나올 거라는 건 예상했었다. 나는 일부러 히로무를 바라보며 물었다.

"네, 전하. 쇼와 12년(1937년)에 있었던 루거우차오사건 이후로 미국과의 관계가 많이 냉각되어 그렇습니다. 그래도 냉각되었다고는 하나 적성 국가는 아니니 큰일은 없을 것이옵니다."

"요시나리 대위!"

히로무가 괜찮다는 식으로 이야기하니까 하야카와가 반응하면서 목소리를 높였다. 내가 기다리던 큰 목소리가 나오자 바로 인상을 싹 바꾸고 말했다.

"하야카와 자네는 내 병의 검사를 하지 말라는 것인가? 내가 쓰러졌네. 그건 건강에 무언가 이상이 있다는 거야. 동경에서 검사해서는 나오지 않아 이번에 검사를 해 보겠다는 건데, 그것마저 하지 말라는 것인가?"

"저, 전하, 그게 아니라……."

"자네의 행동은 내가 아프더라도 아무런 확인조차 하지 않겠다는 것처럼 느껴지는군. 이건 자네의 뜻인가 궁내성의 뜻인가?"

"그, 그런 것이 아니옵니다, 전하."

내가 강경하게 나가자 하야카와는 잠시 주춤하더니, 말을 제대로 하지 못했다. 그러자 옆에 있던 히로무가 나를 도와서 말했다.

"하야카와 씨도 전하를 걱정하는 마음에 그런 것이니 너무 노여워하시지 마시고 가시지요. 예약 시간이 다 되어 가고 있습니다."

하야카와는 뭐라고 말을 더 하고 싶은 표정이었으나 내가 화를 내고 히로무가 정리를 하니 더는 하지 못했다.

우리는 히로무가 운전하는 차를 타고 병원을 향해서 출발했다.

창문 밖으로는 붉은 칠이 포인트로 들어가 있는 2~3층의 나무 건물과 시멘트로 지어진 건물들이 뒤섞여 있는 상해의 풍경이 눈에 들어왔다.

그러다 철조망이 둘러쳐져 있고 미군이 주둔하고 있는 검문소에 신원 조회를 하고 들어가자, 지금까지와는 다른 풍경이 펼쳐졌다.

화려한 건물들이었다. 빅토리아시대 건축양식의 대표적인 특징인 비대칭적인 주택 양식과 정교한 외장들이 눈에 들어왔다.

건물 밖에 각 층별로 나뉘는 장식과 곳곳에서 보이는 정교한 조각들, 창문 사이로 보이는 가구들은 자신들이 고급 제품이라는 것을 자랑하는 것같이 보였다. 게다가 지나다니는 사람들의 70퍼센트가 백인인 것을 보니, 이곳이 유럽인지 상해인지 혼란스러울 정도로 중국의 느낌이 나지 않았다.

대학교 수업에서 사진으로 보던 빅토리아시대의 건축양식들을 직접 내 눈으로 보자 눈이 즐거워지는 느낌이었다.

병원으로 들어가자 병원은 이곳이 병원인지 호텔인지 의심이 가게 만들어져 있었다.

중앙 층 높이와 그 가운데 달린 화려한 샹들리에는 뉴욕에 있는 어느 호텔에 와 있는 게 아닌가 하는 느낌을 주었다.

접수한 이후에 검사를 받기 위해 3층으로 올라가는 엘리베이터를 타다 또 놀랐다.

예전 007 같은 영화에서 봤던 금색 판에 플라스틱 단추로 된 버튼이 있었는데, 손으로 철창같이 생긴 문을 닫고 작동

하는 엘리베이터를 보자 신기한 기분이 들었다.

그런데 나뿐만 아니라 나와 함께 가는 두 사람도 같이 놀란 눈으로 보고 있었다. 일본의 동경에도 번화한 곳에는 엘리베이터가 있기는 했으나 이 정도로 화려하지는 않아, 마치 시골 촌 동네에서 살던 사람들 세 명이 서울에 구경을 나온 느낌이었다.

물론 내용은 약간 달랐다. 히로무와 하야카와는 처음 봐서 신기한 거였다. 반면에 미래의 기억을 가지고 있는 나로서는 이것보다 훨씬 화려한 것도 많이 봤다. 사실 화려해서 신기한 것보다는 식민지 시대의 대표적인 건축양식인 빅토리아 양식을 이렇게 상태가 좋을 때 볼 수 있어 미학도로서 신기한 것이었다.

"전하, 이곳은 동경에 있는 미쓰코시 백화점보다 더욱 화려한 거 같습니다."

히로무가 병원 내부를 두리번거리면서 말했다. 확실히 병원치고는 굉장히 화려한 모습이긴 했다.

"그런 것 같네. 동경에도 미국 병원이 있었는데, 이 정도로 화려하지는 않았던 거 같은데……."

우리가 이런 이야기를 하자 통역을 위해서 병원에서 우리에게 지원해 준 직원이 말했다.

"이곳은 원래 영국의 셀프리지스Selfridges라는 회사가 만든 백화점이었는데, 운영이 어려워져서 판매한 것을 우리 미국

정부가 사들여서 병원으로 만들었지요. 그래서 장식들이 화려합니다. 대부분 화려한 장식들은 과거 호텔로 있을 때 있던 것들을 제거하지 않은 경우가 많습니다."

호텔을 사들여서 병원으로 만든다는 게 신기하긴 했으나, 특별히 더 캐물어 보지는 않았다.

사람이 많아서 웅성거림이 많았던 1층과는 다르게 3층으로 올라오자 지나다니는 사람도 거의 안 보이고 조용하게 느껴졌다.

그의 안내에 따라서 이런저런 검사를 했다. 일본에서의 검사와 거의 비슷했는데, 이곳에서는 정신과 검사도 같이 한다는 게 조금 다른 면이었다.

이런저런 검사를 하고 나서, 드디어 이곳으로 온 목적인 마취를 진행했다. 원래는 검사실 안에서 마취를 해야 하지만, 약속된 대로 마취를 하지 않았다.

"보통 10분 정도 걸리는 검사니까, 10분 정도 후에 병실로 이동할 것입니다."

미리 언질을 받은 듯한 의사가 아무도 없는 검사실로 들어와서 이야기를 해 주었다.

그 의사가 근처 의자에 앉아서 기다리다가 시계를 보더니 시간이 다 되었는지 나에게 왔다.

"이제부터는 마취가 되신 거니까 누운 상태에서 움직이면 안 됩니다. 밖으로 나가서 병실까지는 3분 정도밖에 안 걸리니까 잠시만 참으시면 돼요."

그의 말을 듣고 병원 침대에 누운 상태로 눈을 감고 있자, 이동하는 게 느껴졌다. 작은 바퀴가 굴러가면서 소음을 냈고 나의 몸에 진동을 전달했다.

문이 열리는 소리가 나자 주변에서 히로무와 하야카와, 의사가 이야기하는 게 들렸다.

"이제 끝난 건가요?"

"네, 2~3시간 정도 휴식을 취하시면 마취에서 깨어나실 거예요."

"시간이 꽤 걸리네요."

"마취가 깨어나실 때까지 계실 병실로 이동하겠습니다."

"말씀드렸던 대로 병실은 혼자 쓰시는 거죠?"

"네, 그렇습니다."

의사는 이렇게 말을 하고 다시 이동하다가 어느 병실로 들어가서 멈춘 것 같았다.

"그럼 우리는 문밖에서 기다리면 되겠네요."

"환자가 회복할 때까지 안정을 취하는 게 좋으니까 그것도 좋은 방법입니다."

히로무가 의사에게 말을 하자 의사가 대답해 주었다.

이것도 미리 말을 맞춘 것일 터. 마취에서 풀려나는데 안정과 주위에 사람이 없는 게 무슨 상관이겠는가. 하지만 의사가 하는 말이니 하야카와가 속아 넘어가 주기를 바라면서 하는 것이었다.

"그렇게 하죠."

"히로무 상, 아무리 그래도 경호가……."

"이곳은 병원이고 문 앞에서 대기할 것인데 무엇을 걱정하시는 건가요? 설마 괴한이 날아서 5층인 이곳의 창문으로 들어온다고 생각하시는 건 아니겠죠? 회복할 때는 안정을 취하는 게 좋다고 의사 선생님이 그러시니, 밖에서 기다리도록 하죠."

"……알겠습니다."

하야카와는 잠시 고민을 하는 거 같더니 곧 수긍했다.

잠시 뒤에 문이 닫히는 소리가 들리고 문밖에서 히로무의 목소리가 희미하게 들렸다. 이제 눈을 떠도 될까 고민하다가 혹시라도 안 나갔으면 어쩌나 하고 10분 정도 더 있다가 눈을 뜨기로 했다. 그런데 병실 안에서 걸쭉한 경상도 사투리로 말하는 목소리가 들렸다.

"얼른 일어나 일 이야기를 해야지, 언제까지 누워 있을 겁니까?"

그의 말에 눈을 뜨고 일어나니, 나의 옆 침대에 기대어 앉아 있는 사람이 눈에 들어왔다.

"약산 선생님이십니까?"

"선생님은 얼어 죽을 선생님. 보통 약산이라고 부르니 동지도 약산이라고 부르시오."

그는 아무것도 아니라는 듯 손을 흔들고는 말했다.

내가 생각을 했던 가난한 독립운동가의 모습이 아니라, 검은 정장에 중절모까지 쓴 멋있는 신사가 한 명 서 있어서 잠시 당황했으나 정신을 차리고 인사했다.

"알겠습니다. 처음 뵙겠습니다, 이우입니다."

"반갑소, 이우 동지. 의혈단 의백(단장)이었고, 지금은 조선 의용대를 이끌고 있는 김원봉이오."

그의 동지라는 말을 듣자 그가 공산주의자라고 했던 서류의 글이 떠올랐다. 이 시대에 독립운동을 하는 사람들, 특히 중국 쪽에서 하는 사람들은 공산주의자, 민주주의자 구별 없이 동지라는 말을 써서 그들끼리는 거부감이 없을지 모르나 나에게는 조금 거부감이 생기는 단어였다.

"이 먼 곳까지 오시느라 고생하셨습니다."

"여기까지 오는 것은 아무것도 아니었소. 오히려 일제의 삼엄한 감시를 받는 이우 동지가 여기까지 온 게 더 고생이었지. 그나저나 그 감시를 뚫고 여기까지 왔다는 것은⋯⋯ 내가 생각하는 그것이 맞소?"

약산은 대뜸 나에게 이렇게 말했다. 그가 무슨 생각을 하는지 정확히는 모르나, 아마도 서로 뜻하는 바는 크게 다르지 않을 것이다. 사소한 부분은 맞춰야겠지만 큰 부분은 다르지 않을 것이니까.

"약산 선생이 나와 함께 독립을 준비하고, 내가 준비하는 독립에 참여해 주었으면 해서 찾아왔습니다."

"망명을 온 게 아니라는 거요? 독립? 그건 우리도 똑같이 준비를 하고 있소. 조선 팔도와 만주, 중국까지 온 인민이 독립을 준비하고 있소. 어떻게 동무만 독립을 준비한다고 생각합니까?"

나의 생각과 약산의 생각이 같다고 여겼는데, 다른 모양이었다. 약산은 아마도 내가 망명을 하기 위해서 이곳으로 와서 자신을 불렀다고 생각하는 거 같았다.

"전 임시정부와는 조금 다른 방식으로 독립을 준비하고 있습니다. 5년 안에 일본과 전쟁을 치를 것입니다. 대한이라는 이름 아래 조선어를 쓰는 모든 사람과 함께 치를 전쟁을 준비하고 있습니다. 그 모임에 약산 선생님도 참여해 주었으면 해서 이렇게 찾아온 것입니다."

나의 말에 약산은 잠시 아무 말도 없이 나의 눈을 가만히 바라봤다.

그는 성격이 화통해 보이는 사람이었지만, 그의 눈빛은 반대로 그가 굉장히 신중한 사람이라는 것을 나에게 말해 주는 것 같았다.

"중경의 임정도 일본과 싸울 준비를 하고 있지만, 5년 안에 어떻게 그런 인민을 모으고 전쟁을 하겠소? 안 되니까 중화민국의 군인들과 함께하는 거 아닙니까? 그리고 내가 뭘 보고 일본의 개일지도 모르는 당신의 말을 믿으라는 겁니까?"

약산은 부리부리한 눈으로 나의 얼굴을 살피면서 말했다.

그의 말이 맞았다. 내가 그에게 무언가 확신을 심어 준 것도 아니었다. 뜬금없이 나타난 왕족이 나와 함께하자고 하면, 어떻게 그 진의를 알 수 있겠는가…….

내가 뭐라고 말을 하려고 하자, 그가 나의 말을 끊으면서 말했다.

"아, 그리고 내가 여기까지 온 거는 왕족이라고 보러 온 게 아니고, 동지가 혹시라도 나와 함께하기 위해서 일본의 눈을 피해 망명을 하려는 건가 해서 온 거요. 이따위로 내 밑에 들어오라는 말은 내가 더 들을 필요도 없어 보이는군. 알랑가 모르겠는데, 나는 인민을 위한 나를 생각하고 있소. 내가 꿈꾸는 조선에 왕실은 존재하지 않아. 온 인민이 똑같은 계급에서 똑같은 대우를 받으며 함께 일하고 함께 행복한 나라이지, 왕족이 있고 사대부가 백성을 괴롭히고 반상의 법도가 있는 그런 나라가 아니요. 내가 여기까지 온 게 헛일인 것 같소."

"약산 선생의 말은 하나만 알고 둘은 모르는 겁니다. 중국의 도움을 받아서 독립하겠다는 것은 안일한 생각일 뿐이에요. 저 장제스나 마오쩌둥의 도움을 받아서 독립하겠다고요? 아니면 지금 지휘하고 있는 반쪽짜리 조선의용대에 기대를 거는 건 아니겠죠?"

일부러 그의 기분을 건드릴 수 있는 말을 꺼냈다.

지금 그는 낙동강 오리알 신세였다. 그가 이끌고 있던 조선의용대는 치정癡情과 임시정부 내의 민족주의, 민주주의 계열과의 갈등이 심했다. 그로 인하여 사회주의 계열의 최창익과 김두봉을 필두로 의용대 내의 공산주의 계열의 사람들이 전부 화북으로 이탈했다. 그래서 지금의 조선의용대는 반쪽, 아니 그 이하로 힘으로 줄어든 상태였다.

"……."

아픈 곳을 건드린 것인지 약산은 나를 죽일 듯이 노려봤다. 그런 그의 시선을 무시한 채 말했다.

"외세의 도움을 받아서 독립하면, 더 끔찍한 일이 벌어질 겁니다. 지금의 독립군은 너무나 많은 사상과 이념이 충돌하고 있어요. 독립운동을 하면서조차 이념으로 인해서 하나가 되지 못하는데, 외세의 힘을 빌려서 독립하게 되면 조선 땅은 외세의 힘의 각축장이 될 뿐입니다. 온전히 우리 것이 되지 않아요. 온전히 우리 것이 되기 위해서는 우리 민족이 주축이 된 독립을 해야 해요, 지금의 외국을 끌어들인 이런 독립이 아니라. 그래서 그 독립군을 모으는 것을 내가, 왕실이 하겠다는 겁니다. 옛날 대한제국으로 돌아가는 것이 아니라, 독립운동가들을 모아서 큰 힘을 만들어 독립하고 그 이후에 우리 민족끼리 어떤 이념을 가진 나라를 만들 것인지 고민해 보자는 겁니다!"

아무런 말 없이 듣고 있던 약산 김원봉이 드디어 입을 열었다.

"나는 가겠소. 내가 여기에 더 있어야 할 이유는 없는 것 같소."

이렇게만 이야기를 하고 뒤돌아 창문으로 갔다. 아마도 그는 창문 쪽에 무언가 나갈 수 있는 물건을 만들어 놓은 거 같았다.

"나는 우리 민족의 힘으로 이루는 독립을 준비할 겁니다. 그곳에 같이하고 싶은 생각이 들면, 성재 선생님에게 말을 하세요."

창문으로 나가려고 그 위에 올라서 있는 약산에게 말을 하자 그는 고개만 돌려 나를 보고는 다시 창문 밖으로 나갔다.

그에게 했던 이야기가 전부 진실은 아니었다. 공산주의자들과 타협을 할 테고 그들이 바라는 민중이 잘사는 나라가 되기 위해서 노력하겠지만, 공산주의를 받아들일 생각은 없었다. 기본적으로 나의 생각은 반공이었고 한반도를 공산화시킬 생각도 없었다.

하지만 지금 당장은 무력 투쟁을 하는 독립군 중에는 민족주의나 민주주의자보다는 공산주의자가 많았다. 중일전쟁 전까지 일본에 대해서 미온적인 태도를 보였던 국민당보다 강경한 태도를 가지고 있던 공산당의 도움을 받은 무장투쟁 세력들이 많았다.

그들은 도움을 위해서 공산주의를 선택한 사람이 대다수였고, 골수 공산주의자의 숫자는 그렇게 많지 않았다. 내가 기억하기로 김원봉도 그런 사람 중 한 명이었다. 그래서 그를 포섭하려고 했다. 하지만 생각보다 강경한 그의 입장에 완전히 연을 끊지 않고 가능성만 열어 둔 상태로 만남을 끝냈다.

  "하야카와."

  침대에 1시간 정도 더 누워 있다가 일어나서 하야카와를 부르자 병실로 하야카가와 뛰어 들어왔다.

  "이제 정신이 드십니까, 전하."

  "누가 들으면 내가 쓰러졌다가 일어난 줄 알겠네. 어느 정도 마취가 풀린 거 같으니 슬슬 호텔로 돌아가지."

  히로무도 따라 들어와서 나의 안색을 살피는 거 같더니 말을 꺼냈다.

  "돌아갈 차량을 준비하겠습니다."

  히로무는 그렇게 말을 하고 병실을 벗어났다.

  "전하, 결과는 일주일 정도 뒤에 일본에 있는 병원으로 보내 주기로 했습니다. 이곳의 의사도 현재까지 확인된 바로는 다른 문제는 없어 보인다고 합니다."

  하야카와는 내가 병실에 있는 사이에 이런저런 정보를 많이 모았는지 나에게 알려 줬다.

  "알겠네."

호텔로 돌아와 병원에서 멀쩡한 정신으로 혹시 누가 들어올까 봐 1시간 동안 누워 있어서 찌뿌둥했던 몸을 풀어 주는데 히로무가 노크 후에 내 방으로 들어왔다.

"이야기는 잘됐어?"

"아니, 일단 내가 마지막에 연락을 위한 줄을 남기기는 했는데, 생각보다 단호한 사람이었어. 내 생각에는 가능성이 높을 거 같지 않아."

"그래? 아쉽네. 이때까지의 전공만 보면 무장투쟁 노선 중에서 가장 확실한 사람인데. 전투를 치르는 능력도 좋은 사람이고."

"일단 낚시를 위한 미끼는 던졌으니까 이걸 무느냐 마느냐는 그쪽에 달린 거지. 이제 그 일은 우리의 손에서 벗어났어. 우리는 그 패가 없을 때를 대비해서 준비해야지. 그러다가 손에 들어오면 좋은 거고."

이야기가 끝나자 히로무는 지금까지 중국에 있으면서 정리했던 자료들을 나에게 넘겨주었다. 작은 책 한 권으로 이뤄져 있었는데, 혹시라도 일본으로 들어가면서 몸 검사를 당할 경우를 대비해서 나에게 주었다.

히로무는 군관이지만 평민으로, 상해에서 출국할 때에 몸 검사를 당할 우려가 있었다.

이 시대는 군인이 경찰과는 비교도 안 될 정도로 높은 직책과 권력을 가지고 있었지만, 같은 군인들끼리는 이야기가 또 달랐다.

조선은 이미 출입국에 대한 권한이 경찰에게 넘어갔지만 상해는 아직 일본군이 출입국 관리를 담당하고 있어서 왕공족인 나에게 검문을 할 수 없으므로 나에게 위험한 자료들을 넘겨주었다.

다음 날까지 출국을 위한 준비를 하고 상해에서 출발해 부산에서 시모노세키로 가는 연락선에 몸을 실었다.

그래도 중국으로 올 때보다는 들르는 곳이 적고 기차보다 바다를 가로질러 가는 배가 상대적으로 빨라서 금방 일본으로 돌아갈 수 있었다.

*

1940년 9월.

중국 전선의 시찰을 마치고 동경으로 돌아왔다.

동경에 도착하자마자 황거로 가서 일왕에게 시찰에 대한 것을 보고하는 자리를 갖고 집으로 돌아갔다.

동경에 있었던 찬주와 아들인 청이는 거의 석 달에 가까운 시간 만에 보는 나를 반겨 주었다. 그리고 찬주는 아주 놀랄 만한 이야기를 해 주었다.

"오라버니, 저 아기가 들어섰어요."

"응? ……아기? 정말?"

순간 그녀의 말이 무슨 뜻인지 잘 이해가 되지 않아 당황했다가 머릿속에서 이야기가 정리되고 나서 기쁨이 몰려왔다.

과거로 와서 얼렁뚱땅 생긴 부인이지만, 함께 몇 개월을 살을 부비면서 생활했다. 그녀에 대한 호감이 충분했다. 아니, 지금은 그녀를 나의 부인으로 받아들이고 사랑으로 바뀌어 있는 상태라 아이를 가졌다는 말이 기뻤다.

"네, 오라버니 가시고 나서 두 달째 달거리가 없어서 병원에 갔더니 임신이라고 알려 줬어요. 벌써 5개월째예요."

그녀의 말에 머릿속으로 계산을 해 보니 4월이면 경성에서 동경으로 넘어오고 얼마 되지 않아서였다.

첫 관계를 하고 나서 거의 매일 관계를 했으니 안 생기는 게 이상한 것이긴 했으나, '내가 능력은 좋구나.'라는 생각을 잠시 했다. 사실 정확히는 이우가 그런 것이지만.

"찬주야!"

수줍게 이야기하는 그녀가 너무 예뻐 보여서 그녀를 끌어안았다.

독립에 대해서 항상 고민하고 앞으로의 일들로 머릿속이 가득 차 있던 나지만 이 순간만큼은 모든 것을 내려놓고 웃을 수 있었다.

그렇게 부부끼리의 정신없는 환영식을 마치고 집으로 와서 첫 식사인 저녁을 먹었다.

오랜만에 집에서 일하는 사람들의 얼굴을 보자 반가움이 묻어났다. 이 동경 별저에서 몇 개월 살지는 않았으나 어느새 정이 들었는지 사소한 것 하나에도 반가움이 생겼다.

"아부지, 이번에 유치원에서 친구랑 이거 만두렸어요."

아들인 이청은 오랜만에 보는 아빠의 무릎에 앉아서 이때까지 있었던 일들을 다 말하겠단 기세로 이런저런 사소한 이야기까지 했다.

그렇게 몇 시간을 아이와 함께 놀고 서재로 돌아와서 이번에 시찰하면서 가져온 자료들과 있었던 일에 대해서 정리하기 위해 의자에 앉았는데, 문을 두드리는 소리가 들렸다.

"전하, 시월입니다."

"들어오너라."

시월이는 나의 허락이 떨어지자 문을 열고 들어왔다. 그러더니 언제나처럼 자신의 품속에서 편지 한 장을 꺼냈다.

"중국에서 온 편지입니다. 성재 선생님 쪽에서 보내오신 겁니다."

그녀는 편지를 책상 위에 올려놓은 다음 허리를 숙이면서 나에게 말했다.

"성재 선생이?"

"네, 전하."

"그래, 알겠다. 나가 보거라."

시월이는 나의 말을 듣고 인사를 하고 밖으로 나갔다.

성재 이시영과는 중국에 있으면서도 몇 번 연락을 주고받았는데, 오늘 이곳에 이 편지가 있다는 것은 내가 일본으로 돌아오기 한참 전에 쓰인 글이라고 예상되었다.

편지는 평소와는 다르게 태극 마크가 그려진 밀랍으로 봉해져 있어서 책상 위에 있는 봉투 칼로 봉투의 윗부분을 자르고 편지를 꺼내었다.

편지를 꺼내자 내가 예상하고 있던 글씨가 아니라 처음 보는 글씨로 글이 쓰여 있었다.

대한민국 임시정부 주석主席 백범.

전하, 이렇게 편지로 만나 뵙게 되어 죄송하게 생각합니다.

전하가 보내신 편지는 잘 읽었습니다. 전하가 말씀하시는 대로 지금의 독립군은 많은 다른 이념들이 넘쳐 나고 있습니다. 또 힘 역시 미약하다고 할 수 있습니다.

전하가 걱정하시는 부분에 대해서도 공감하고 있습니다. 민족이 하나가 되어서 이루어 나가야 한다는 전하의 말, 가슴 깊이 감동했습니다.

독립된 국가에서 왕실이 과거의 왕실과는 다르다는 것. 입헌군주로서 문화를 발전시키고 국민을 위해 일하시겠다는 말씀도 잘 알겠습니다.

제가 직접 전하를 만나러 갔어야 하지만, 지금은 부족하나마 임시정부의 주석이라는 역할을 맡고 있어 움직일 수가 없었습니다.

　전하가 꿈꾸시는…….

　내가 신징에 있을 때, 백범 김구 선생이 나를 만나러 오지
못한다는 뜻을 전하는 편지를 성재 이시영 선생에게 받았다.
그때 만나지는 못하지만 내가 생각하는 독립운동에 대해서
알려 주고 편지로나마 나의 편으로 끌어들여 보기 위해서 보
낸 것에 대한 답장이었다.

　편지는 나의 뜻에 동의하고 독립운동에서 왕실이 중요한
역할을 해 주면 훨씬 큰 도움이 될 것이지만, 지금 임시정부
가 나의 밑으로 들어오는 것은 안 된다는 내용이었다. 내가
임시정부로 가서 하나의 정당을 만드는 것은 인정하지만, 나
를 왕으로 인정하기는 힘들다고 적혀 있었다.

　마지막에 독립을 위해서 전쟁을 하면 임시정부도 적극적
으로 도움을 주겠다는 말로 편지는 끝을 맺었다.

　예전에 한 조선인이 국밥집에서 만난 수상한 일본인을 명
성황후를 시해한 범인으로 생각해 죽였다가 현행범으로 잡
혀 사형이 선도된 것을 고종 황제가 전화해서 풀려났다고 했
다. 이게 백범 김구라고 어디선가 들은 기억이 있어 혹시 정
말로 그랬다면 그가 왕실에 대해서 상당히 좋은 생각을 하고
있지 않을까 했지만 그건 아닌 거 같았다.

　물론 내 요구가 과하기도 했다. 그들이 보기에는 이때까

지 독립운동의 중심이 되었던 임시정부를 나의 밑으로 들어오라고 이야기한 것이니까. 그래서 그의 답변이 이해가 되었다.

그래도 독립을 위해서 무장투쟁을 할 때는 나에게 협조를 하겠다는 이야기가 적혀 있는 것만으로도 만족했다.

첫술에 배부를 수는 없다. 그와 내가 최소한 이야기를 주고받을 수 있다는 것에 만족하고 답장을 썼다.

그의 대답에 대해 고마움을 전하고 완전히는 아니더라도 내가 준비하는 독립운동 방향에 대해서 적어 넣었다. 첫 편지에서는 그가 어떠한 생각을 하고 있는지 알 수가 없어서 하지 못했던 말들도 조금 더 채워 넣었다.

그렇게 간략하게 편지를 쓰고 나서 다시 시월이를 불러 편지를 보냈다.

비밀을 기하는 것이라 인편에 인편을 거쳐서 갔다. 그래서 편지가 전해지기까지는 최소 2주에서 한 달 정도는 걸릴 것으로 예상했다.

중국에 있을 때는 일본군 점령지로 들어와 있는 독립군과 임시정부 사람들이 꽤 많아서 편지를 빠르게 주고받을 수 있었는데, 일본에서는 아무래도 느릴 수밖에 없었다.

10장

"여기에 아기가 있다는 거지……? 아직 배는 안 나왔네."

침실의 침대 머리 기둥에 기대어 찬주가 앉아 있었고, 나
는 그 옆에 누워서 그녀의 배를 바라봤다. 그녀의 배는 이전
과 다르지 않았는데, 어찌 보면 아랫배가 약간 나온 거 같기
도 했다.

"여기에 지금 아기가 있다는 거지?"

"청이 임신했을 때는 안 그러더니, 이번에는 왜 이렇게 신
기해해요?"

내가 그녀의 배를 계속 만지면서 보자 이상하다는 듯 물어
왔다. 확실히 기억 속의 이우와는 전혀 다른 반응이기는 했
지만, 나의 아이인 게 신기하고 감동을 주어서 표현을 안 할

수가 없었다.

처음에는 사람들이 나의 행동이 원래의 이우와 달라 이상하게 생각하면 어떡하나 했는데, 생활을 하다 보니 내가 과거의 이우 공과 다르게 행동하면 나이가 먹어 가면서 변한 것으로 인식하지 다른 사람이라고는 생각하지 않을 것 같았다. 단지 내가 자격지심을 가지고 있어서 민감하게 생각했던 것이다.

그것을 알게 된 이후로는 내 상식에 비춰서 큰 문제가 되지 않으면 제약 없이 행동하고 있었다.

"그냥 신기하네……. 아들일까, 딸일까?"

"아버지가 아기한테 신경 쓰면 딸인 경우가 많다고 하던데……."

찬주는 부끄러운지 자신의 배를 손으로 살짝 가리면서 말했다.

"딸이면 좋지, 찬주를 닮았으면 예쁠 것 아냐."

"치……."

청이는 오늘 유치원에서 가을 소풍을 간다면서 기분 좋게 유모의 손을 잡고 유치원으로 갔다. 그래서 나와 찬주는 산모가 안정을 취해야 한다는 핑계로 오전 내내 침대에 같이 누워 있었다. 나도 아직 학교가 개학을 하지 않아 집에 머물 수가 있는 것이다.

몇 시간인지 모르게 누워 있을 때, 문을 두드리는 소리가 났다.

"잠시만."

침대에서 일어나 옷을 정리하고 문으로 나갔다. 평소 같았으면 들어오게 하였겠지만, 지금은 침대에서 쉬고 있는 찬주가 아직 잠옷 차림이어서 하인들도 침실로는 들어오지 않았다.

"무슨 일인가?"

문을 열고 나가자 문 앞에서 시월이가 나를 기다리고 있었다. 그녀는 나의 말에 대답을 하지 않고 다른 곳에서 볼 수 없게 손으로 가려서 작은 편지 두 장을 건네주었다. 나는 얼른 그녀의 편지를 주머니로 넣었다.

"나 잠시만 서재에 갔다 올게."

"무슨 일 있어요?"

"별일 아니야, 잠시 봐야 할 서류가 있어서."

"다녀오세요~."

문을 열어서 무슨 일인지 궁금해하는 찬주에게 말을 하고서 서재로 건너갔다.

편지 바깥에는 누가 보내온 것인지 알 수 있는 것은 아무것도 없이 깨끗했다.

자리에 앉아 바깥에서 보이는 커튼을 치고 문을 단속한 다음 한 장의 편지를 먼저 열었다.

편지를 꺼내니 미국의 윤홍섭이 보낸 것이었다.

전하의 말씀대로 조사를 해 보니 이승만은 상당한 비리가 의심되는 상황입니다.

특히 1918년 자신에게 반기를 들거나 자신의 비리를 눈치챈 이들을 폭도와 위험인물로 고발했습니다.

국민회에서 박용만이 주도해 만든 대조선국민군단과 사관학교를 고발하는 과정 중에 증언하여 해체를 시켰습니다.

재판에서 이승만은 '박용만 일당은 미국 영토에 한국인 군대를 만들었습니다. 이들은 위험한 반일 행동을 하며 일본 군함 이즈모가 호놀룰루에 도착하면 파괴하려는 음모까지 꾸민 무리입니다. 이것은 미국과 일본 사이에 중대한 사건을 일으켜 평화를 방해하려는 것입니다. 판사님, 저들을 조처해 주십시오.'라고 증언하여서 조국을 돕기 위해서 노력하던 박용만과 대조선국민군단을 해산시키고 국민회를 차지했습니다.

이 부분만 보더라도 반민족 행위라고 판단이 가능한 상황입니다.

그 외에도 현재까지 발견한 반민족 행위들에 대해서 문서화 작업을 하는 중입니다. ……중략…… 그리고 미국에서 임시정부 명의로 국채를 발행해서 모금한 금액 역시 어디로 흘러들어가서 사용되었는지 알 수가 없습니다.

당시 재무총장이셨던 성재 이시영 선생에게도 확인해 본 결과, 그때 발행한 국채의 돈은 상해임시정부로 넘어오지 않았습니다.

외교를 한다는 명목으로 국민의 성금을 사용하였으나 실제적인 성과는 없었습니다. 심층적인 감찰이 필요해 보입니다.

조선보다는 미국에서 보관을 하는 것이 좋을 거 같아 자료는 이곳에 보관하고 있습니다.

편지를 다 읽고 나서 바로 방 안에 있는 성냥을 켜 태워 버렸다. 될 수 있으면 증거를 남기지 않기 위해서 꼭 보관을 해야 하는 자료들이 아니면 주고받은 편지들은 읽고 불태워 버리고 있었다.

그리고 윤홍섭이 마지막에 자료는 그곳에서 보관한다고 적었기에 이 편지는 자료로서의 가치가 없는 것이다.

이곳에 오고 나서 이시영과 편지를 주고받다 알게 된 사실이 있다.

이승만이 임시정부 대통령일 때 구미위원부를 운영하면서 미국에서 모집한 독립 성금과 인구세를 13퍼센트만 상해의 임시정부에 주었다. 나머지는 구미위원부에서 운영을 하였는데, 그 많은 돈을 가지고 갔음에도 드러난 사용처는 없는 상태였다.

이런 사실들을 종합해서 혹시라도 임시정부 운영자금에 대한 횡령이 있었는지 조사를 부탁했는데, 그 조사 결과가 날아온 것이었다.

기록을 잘 보관하고 조금 더 조사를 해 볼 수 있으면 해 주세요. 그리고 하와이의 국민회와 이승만의 연결 고리를 끊을 수 있다면 끊으세요.

또 임시정부에 이런 사항들을 보내고 긴밀히 연락하여서 이승만이 위원장으로 있는 구미위원부를 폐쇄하고, 북미대한인국민회를 중심으로 새로운 외교 루트를 만들어 주세요. 유일한 박사가 미국 외교의 중심이 되어 잘 진행해 주세요. 절대로 이승만보다 늦으면 안 됩니다. 우리가 미국과의 외교 중심이 되어야 합니다.

윤홍섭에게 보내는 글을 쓴 종이를 잘 접고 봉투에 넣어 시월에게 넘겨주었다.

그리고 다른 한 장의 편지를 꺼내자 그곳에는 '夢'이라는 글씨가 한 글자 쓰여 있었다.

그 편지를 보자마자 시월이를 다시 불렀다.

"부르셨습니까, 전하."

"이건 미국으로 보내는 것이다. 그리고 이 편지는 언제 온 것이냐?"

"제가 편지를 드릴 때 유메에서 시비侍婢가 와서 전해 주었습니다. 그 시비가 오늘 점심은 공비마마와 함께 아마다이ぁまだい(옥돔)술찜으로 하시는 게 어떠냐고 물어 왔습니다."

시월이는 나에게 받은 편지를 품에 잘 숨기고 나서 대답했다. 그녀의 말에 따르면 오늘 점심에 누군가가 거기서 나를 기다리고 있다는 뜻인 거 같았다.

시계를 보니 벌써 11시 30분을 넘어가는 시간이었다.

"청이는 오늘 몇 시에 돌아오는가?"

"도련님은 오늘 소풍을 가셔서 오후 4시는 넘어야 돌아오시는 것으로 알고 있습니다, 전하."

"그럼 하야카와에게 가서 서둘러 외출 준비를 하라고 이르게. 찬주가 임신을 해서 몸보신이 필요하니, 오늘 점심은 유메로 가서 먹도록 하겠네."

"네, 그렇게 준비하도록 하겠습니다, 전하."

시월이에게 준비를 맡기고 침실로 돌아갔다.

"오늘 점심은 나가서 먹어야 할 거 같아. 유메에서 맛있는 옥돔술찜을 준비해 놨다고 하네."

방으로 들어오면서 하는 나의 뜬금없는 이야기에 찬주는 놀란 눈이 되어서 나를 보다가 갑자기 한숨을 푹 쉬었다.

"일이시군요."

"응……."

"시간이 얼마나 있어요?"

"20분 정도……?"

찬주는 나의 이야기에 깜짝 놀라더니 일어나서 외출 준비를 했다.

욕실을 찬주가 먼저 들어가서 쓰고 있어서, 난 어쩔 수 없이 기다리다 그녀가 사용하고 나서 씻었다.

두 사람이 함께 준비를 한 데다 여자들은 준비를 하는 데에 시간이 오래 걸리기도 했기에 처음 생각했던 11시 50분에는 출발하지 못하고 12시 20분이 넘어서야 겨우 출발할 수가 있었다.

"오라버니가 너무 늦게 말씀을 하셔서 그렇잖아요."

찬주가 차를 타고 가면서 작은 질책을 했다. 나도 어쩔 수 없는 일이었기 때문에 웃어넘겼다.

요정에 들어서자 벌써 우리가 올 것을 알고 있었다는 듯 인사를 하고 한쪽 방으로 안내했다. 언제나처럼 이용을 하던 방이었다.

"전하, 마마께서 회임懷妊을 하셨다 들었습니다. 마침 좋은 옥돔이 들어와서 실례를 무릅쓰고 점심식사를 이곳에 오셔서 하시면 좋겠다고 말씀을 드렸습니다."

"실례랄 것이 있겠는가? 마음을 써 주어서 고맙네."

마담은 그렇게 말을 하고 나서 음식을 챙겨 오기 시작했다. 식탁 위에 음식 세팅이 전부 끝이 나자, 마담이 내가 앉았던 자리 뒤쪽에 있는 통로로 들어가는 문을 열어 주었다.

"잠시 갔다 올게."

찬주는 내가 갈 것이라는 걸 예상하고 있었던 듯 별다른 말 없이 웃으면서 배웅했다.

암흑의 통로를 지나서 반대편으로 나가자 아까의 방과 비

숫한 방이 하나 나왔다. 그곳에는 처음 보는 얼굴이 앉아 있다가 나를 보고는 일어나서 인사를 해 왔다.

"처음 뵙겠습니다. 전하. 죽산竹山 조봉암曺奉岩이라고 합니다."

"이우라고 하오."

처음 보는 얼굴이었다. 학생 시절 근현대사를 공부하여서 이런저런 이름들을 잘 안다고 생각을 했는데, 조봉암이라는 이름은 어렴풋이 들어 본 것 같기는 하였으나 정확히 기억나지 않았다. 그래서 조심스럽게 인사를 했더니, 그가 웃으면서 말했다.

"몽양 선생님이 가 보라고 하셔서 왔습니다."

그 말에 이 사람에 대해서 어느 정도 긴장을 풀 수가 있었다. 정체를 알 수 없던 사람이 내 편이 보낸 사람으로 바뀌면서 조금 긴장이 풀린 것이다.

"아, 그러셨소? 일단 앉아서 이야기합시다."

그는 나의 말에 자리에 앉았다.

마담이 방 안으로 들어와서 차를 내어 주고 음식이 곧 들어온다는 이야기를 하고는 밖으로 나갔다.

"몽양 선생에게 대략적인 이야기는 들었소?"

"소련 말을 할 줄 알고 공산주의를 잘 아는 사람이나 공산주의자가 아닌 사람을 찾으신다고 들었습니다."

내가 여운형에게 부탁했던 것 중의 하나였다.

그러나 소련 말을 하고 공산주의를 잘 아는데 공산주의자가 아닌 사람을 찾는 게 쉽지는 않았다.

거기다가 이 사람에게는 말하지 않은 듯하지만 내가 붙인 조건이 한 가지 더 있었다. 그것은 소련에서 유력 인사들과 인맥을 가지고 있거나 인맥을 만들 수 있는 길이 있는 사람을 찾으라는 것이었는데, 그런 사람을 찾아서 나에게 보낸 것 같았다.

"그렇소, 그대가 그런 사람에 해당하는 것이오?"

"네, 전하. 모스크바공산대학Коммунистический университет трудящихся Востока을 졸업했습니다. 공산주의를 공부하기는 하였으나 심취하지는 않았고, 민족에 어느 것이 도움이 되나 공부를 하였습니다."

"특이한 사람이구려. 공산주의를 배웠는데 공산주의자가 아니라니……."

"그런 특이한 사람을 찾으시는 것이 아니셨습니까?"

"그렇긴 하오. 하지만 실제로 존재할 줄은 몰랐으니까 말이오. 몽양 선생이 다른 말은 없으셨소?"

나의 말에 그는 품속에서 편지 한 장을 꺼내어서 나에게 보여 주었다.

그가 준 편지는 몽양이 나에게 보낸 것이었다. 그동안 많은 편지를 주고받아서 그의 필체만 보아도 그가 쓴 것이라는 걸 알 수 있었다.

전하, 전하가 말씀하셨던 인물이 있어 이리 보내옵니다. 그
의 신변에 대해서는 제가 보장을 하오니 걱정하지 마시고 대업
에 대해서 말씀하셔도 됩니다.

몽양 여운형

필체와 그의 사인까지 분명 몽양이 보낸 편지였다. 이 편
지를 보자 더 머리 아프게 그를 떠보기 위해서 이야기할 필
요는 없어 보였다.

"몽양에게 믿음을 준 모양이구려."

"아니옵니다. 저 역시 나라의 백성으로서 독립된 나라를
만들고 싶을 뿐이옵니다."

"지금까지는 무엇을 하셨소?"

"농민과 노동자 들의 권익을 위해서 노농총연맹조선총동
맹勞農總聯盟朝鮮總同盟을 결성하였다가 일제에 체포되어 수감
생활을 하였습니다. 지난해에 출소하여 지금까지 인천에서
노동자들의 권익을 위해서 일하고 있었습니다."

공산주의를 공부한 사람이라더니 그의 이야기만 들으면
노동 인권 운동가인 것 같았다.

"내가 소련어를 하는 데다 공산주의를 잘 알면서 공산주
의자가 아닌 사람을 찾은 건 무엇을 시키기 위해서인 거
같소?"

그는 나를 한참 쳐다보면서 생각을 하다가 이내 입을 열었

다.

"소련으로 침투하여야 하는 일입니까?"

비장한 표정이었다. 마치 내가 이오시프 스탈린을 죽이라고 지시할 것이라 예상한 표정인 거 같았다. 내가 그에게 시킬 일이 애초에 그렇게 쉬운 건 아니었지만, 그렇다고 누구를 암살하거나 하는 일은 아니었다.

"소련에 침투하는 것이야 소련어를 할 줄 아는 사람을 찾는 거면 당연하고, 어떠한 일을 시킬 것인지 짐작이 가느냔 말이오."

"어떠한 일이든 성사를 시키겠습니다. 전하가 노력하시는 건 독립을 위한 일일 터. 조국의 독립을 위해서라면 목숨도 내놓을 수 있습니다."

그에게 일을 맡겨야 하는지 고민이 되었다. 그가 조국을 위해서 목숨도 내놓을 수 있다는 건 기분 좋은 일이지만, 지금 나에게는 그런 사람이 필요한 게 아니었다. 눈치가 빠르고 상황 파악이 뛰어난 사람이 필요했다.

"제게 필요한 게 머리입니까……?"

내가 아무런 대답도 없이 가만히 있자 그는 조용히 다시 입을 열었다.

그의 입에서 내가 원하는 대답이 나오자 나의 입에 미소가 걸렸다. 그는 그것을 보고 자신의 추측이 맞았다고 생각했는지 말을 이어서 했다.

"공산주의자가 아니지만 공산주의를 잘 알고, 소련어를 할 줄 아는 사람. 그리고 경성에서 몽양 선생님이 제가 모스크바에서 대학교에 다닌 이력을 들으신 후에 저에게 동경으로 갈 것을 제안하신 것을 종합해 보면, 단순히 정보를 모으는 사람으로 보기에는 무리가 있겠죠. 소련어를 한다는 것 자체가 소련의 문화에 대해서 알고 있다는 것이기 때문에 그 이상 공산주의를 잘 알 필요는 없지요. 결국 전하께서 찾으시는 인물은 소련에서 외교적 역할을 할, 소비에트연방과 전하의 사이에 연결 다리가 될 인물인 거 같습니다."

내가 원하던 대답이 그의 입에서 나왔다. 지금의 상황만 보아도 전체적인 상황을 파악해야 대답할 수 있기에 최소한 내가 원하는 수준이었다. 이런 상황들을 보고도 이게 무슨 일인지 알지 못한다면, 그 사람은 외교관으로서 쓸 수가 없었다.

"계속해 보세요."

그의 대답이 내가 만족할 만한 수준으로 나오는 거 같아서 나의 말투도 많이 부드러워졌다.

"공산주의에 밝으나 공산주의자가 아닌 사람을 찾으신 걸 보면, 소련과 합작을 하거나 그 힘을 빌리려고 하시는 건 아닌 거 같네요. 소련이 특정 행동을 하게끔 만들려고 하시는 거 같습니다. 또 지금 당장 소련에 인맥이 있는지는 파악하시지 않은 것으로 보면, 지금 바로 필요하거나 앞으로 일이

년 내에 할 일은 아니고 그 이후의 일을 도모하기 위해서 사람을 고르신 거 같습니다."

역시 여운형은 사람을 보는 눈이 있는 사람이었다. 내가 그에게 부탁한 것을 잘 파악했고, 거기에 딱 맞는 사람을 나에게 보내 준 거 같았다.

"그 말은 마치 내가 앞으로의 전황이 어떻게 흘러갈지 알고 있는 것처럼 들리네요."

지금은 제2차 세계대전이 일어난 게 아니다. 아직 아시아는 중일전쟁만 발발한 상태였고, 유럽에서는 독일군이 진격에 진격을 거듭하는 상태였다.

아직 파시즘으로 대표되는 2차대전 추축국 간의 동맹이 발표되지는 않았으나, 여기저기서 들리는 이야기에 따르면 이미 동맹은 발표만 남은 상황인 것 같았다.

"그런 부분까지는 알 수 없으나, 최소한 전하께서는 소련이 우리나라의 독립에 큰 역할을 할 거라 생각하시고 계신 거 같습니다."

그는 어느 정도 근거가 없는 이야기는 말하지 않는 성격인 거 같았다.

"그 말 그대로예요. 내가 생각을 하는 것은 최소 4년 이후예요."

"짧은 기간이 아닌 거 같습니다."

"짧은 기간은 아니지만 긴 기간도 아니에요."

집중을 하는 죽산에게 대략적인 설명을 하고 나서 자리에서 일어났다.

자세한 이야기를 하고 싶었으나 오늘 누가 오는지, 무슨 일로 와 있는지를 몰랐다. 그래서 자료를 확인하지도 못했고 준비도 해 오지 못해서 전체적인 흐름만 이야기해 주었다.

거기다 옆방에서 찬주가 기다리고 있어서 긴 시간 있을 수 없어 최대한 빨리 이야기하고 일어났다.

"오늘은 이곳에서 쉬세요. 서신을 보낼 테니 확인하고 경성에 들렀다가 모스크바로 가 주세요."

"알겠습니다."

"다음에 만날 때는 우리나라 우리 땅에서 봅시다."

"전하, 몸조심하십시오."

"죽산 선생도 몸조심하세요."

조봉암과 헤어지고 나서 찬주가 있는 방으로 가자, 식탁 위에는 음식이 전부 치워져 있었다. 그녀는 우롱차를 마시고 있었는데, 내 자리에도 우롱차 한 잔이 놓여 있었다.

"벌써 점심을 다 먹은 거야?"

찬주가 평소에 밥을 천천히 먹는 습관도 있고 해서 이 정도 시간에 이야기를 끝내면 아직 식사하고 있을 것이라 예상하고 넘어왔는데, 나의 예상보다 빠르게 밥을 먹은 것 같았다.

"앉으세요. 오라버니 오시면 같이 먹으려고 상을 물렸어요."

찬주가 웃으면서 대답했다.

"안 그래도 되는데. 배고프지 않아?"

"이런 곳에서 혼자 밥을 먹는 것보다는 배고픈 거 잠시 참는 게 나아요. 오라버니도 금방 오실 것 같아서 괜찮았어요."

찬주가 기다려 준 덕분에 유메에서 만드는 맛있는 음식을 같이 먹을 수 있었다.

집으로 돌아와서 조봉암에게 보낼 편지를 작성했다. 그 편지에는 앞으로 세계 전쟁이 대략 어떻게 진행될지, 또 얄타 회담 전까지 이루어야 하는 목표를 적어 넣었다.

그리고 책상 밑의 바닥에 숨겨져 있는 작은 함을 하나 꺼내었다. 그 함 속에는 옥으로 만들어진 도장이 있었는데, 바닥에는 '皇帝之寶'라고 쓰여 있었다.

조봉암에게 보내는 편지 중에 후에 소련 정부에 보여 주어야 하는 내용이 담겨 있는 편지 마지막에 도장을 찍었다. 마지막에 꼭 필요한 편지였다.

시월이는 언제나처럼 그녀의 품속으로 편지를 넣고 나서 나에게 말했다.

"전하, 전에 말씀하셨던 달러는 준비를 마쳐서 가지고 오는 중입니다. 내일 정도면 도착할 것 같습니다."

"고생했구나. 어느 정도가 되는 것이냐?"

"일단 지금 만든 금액은 50만 달러(현재 가치 약 1백억 정도) 정도 됩니다. 경성에 있던 토지와 개성, 부산의 토지를 모두 정리한 금액입니다. 중간에 달러로 바꾸기 위해서 들어간 금액도 있고 해서, 처음 예상보다는 작아졌다고 명월관에서 전해 왔습니다."

"알겠다. 내일 가지고 오도록 하고, 나가 보거라."

과거 흥선대원군부터 흥친왕, 영선군, 나 이우까지 내려온 운현궁의 토지들을 전부 정리했다. 과거 엄청난 성세를 누렸던 집안답게 서울, 개성, 부산에 많은 양의 토지를 소유하고 있었는데, 모두 정리하여서 달러로 바꾸니 50만 달러라는 엄청난 금액이 나왔다.

이 토지들은 운현궁의 가계로만 내려온 것이어서 총독부에서도 모르는 집안의 땅이라 처분을 하여도 티가 나지 않아 몽양 선생을 통해서 정리하였다.

주로 친일파들에게 팔았는데, 지금 시대에 이 정도 큰 금액을 들고 있는 사람은 거의 다 친일파였다. 또 외국인보다 친일파에게 판 이유는 후에 독립을 하고 나면 '반민족행위재산몰수법'을 만들어서 다시 뺏어 올 생각까지 했기 때문이다. 그래서 될 수 있으면 악질 친일파들에게 판매하도록 했다.

돈을 달러로 바꾼 이유는 지금 주식시장이 돌아가는 곳 중에서 안전한 곳은 미국뿐이기 때문이다.

일본은 이미 전쟁에 들어간 상태여서 도쿄 증권거래소를 이용했다간 언제 폭락할지 모르고, 또 큰돈을 거래하게 되면 추적을 당할 가능성이 커서 미국을 선택했다.

미국의 윤홍섭에게 보낼 편지를 작성했다. 내용은 돈에 대한 것이었다.

나도 이 시대에 어떤 종목이 오르고 내리는지 자세히 알 수는 없었다. 하지만 딱 한 가지 확실하게 아는 것이 있었는데, 내 생각으로는 그 부분을 주식으로 이어서 수익을 만들 수 있을 거 같았다.

그것은 바로 태평양전쟁이었다.

내년 12월이 되면 진주만 폭격을 시작으로 전쟁이 시작될 것이다. 그렇게 되면 주식을 공부한 사람이라면 분명히 오르는 종목을 선택할 터. 가령 군수 업체 같은 회사들의 주식은 반드시 오를 것이다. 그래서 윤홍섭에게 돈을 보내기로 했다.

지금 북미대한인국민회에는 유일한이 있다. 경영학을 공부하였고 MBA까지 딴 사람이다. 큰 제약 회사도 운영하는 사람이다. 이 정도라면 전쟁에 대한 것만 알아도 실패하지 않는 주식 운영을 할 수 있을 것이라 예상하고 부탁했다.

로스차일드 가문이 워털루전투를 이용해서 큰 이익을 남겼다면, 나는 2차대전을 이용해 미국 주식시장을 한번 흔들어 볼 생각이었다.

물론 50만 달러로 시장을 흔들 정도는 되지 않겠지만, 그곳에서 나오는 이익은 독립군을 만들고 나라를 세우는 기초가 되어 줄 것이다.

❧

　조봉암을 소련으로 보내고 준비한 돈을 미국으로 부친 후 3주가 넘게 흘렀다.

　오늘도 별다른 일 없이 평소와 같이 학교에 가기 위해서 준비를 한 후, 찬주와 함께 나보다 먼저 유치원으로 가는 청이와 작별 인사를 하고 있을 때였다. 하야카와가 뛰어와서 말했다.

　"전하, 방금 창덕궁 이왕가에서 전보가 도착하였는데, 중추원 부의장인 윤덕영 자작이 오늘 새벽 유명幽明을 달리하였다고 하옵니다. 이왕 전하께서는 장례 참석을 위해서 오늘 조선으로 출발하신다고 하옵시고, 전하도 참석을 하라는 전갈이옵니다."

　"윤덕영 자작이?"

　"네, 전하. 즉시 한국으로 가는 기차와 배편을 알아보도록 하겠습니다."

　"그리하게."

　"아부지, 어디 가?"

우리의 대화를 청이가 알아들었는지 물어 왔다.

"음……. 잠깐 할마마마 집에 갔다 와야 할 거 같아."

아이에겐 조선이나 경성이란 지명보다는 대비마마가 있는 곳이라고 설명하는 게 이해하기 쉬울 것 같아서 그렇게 말했다.

"할마마마? 나도, 나도!"

"이청, 어머니가 유치원 빠지면 된다고 했어요, 안 된다고 했어요?"

유치원을 안 가기 위해서인지 아니면 대비마마가 보고 싶어서인지, 내가 이야기를 하자마자 청이가 반응을 했다. 그런 청이를 찬주가 자연스럽게 타일렀다.

"안 된다고 했어요."

"착하지. 그리고 아버지는 일 때문에 가시는 거라 이번에는 청이와 어머니는 못 가요. 그러니까 아버지한테 인사하고 유치원 가자."

표정은 시무룩해졌지만, 평소에도 안 되는 건 안 된다고 가르쳐 놓아서인지 더는 떼를 쓰거나 하지는 않았다.

"아부지, 안녕히 다녀오세요."

"잘 다녀올게."

머리를 꾸벅 숙이면서 인사하는 청이가 귀여워서 한번 안아 주고는 인사를 했다.

"오라버니, 혼자 다녀오실 거죠?"

찬주가 청이를 유모에게 맡겨서 유치원을 보내고 나서 집으로 들어오면서 물어 왔다.

"아무래도……. 청이 유치원도 있고, 상을 치르러 가는 거니까……."

1940년 이미 시작된 근대화로 자유로운 연애를 하고 사회 진출을 하는 신여성들이 나오고 있었다. 찬주도 그런 신여성 중의 한 명이었지만, 아직 귀족 사회는 유교 문화가 남아 있는 남성 중심의 사회였고 상갓집에 조문을 가는 것은 남성들이 하는 일이었다.

"제가 바로 출발할 수 있도록 준비를 해 놓을게요."

"괜찮아. 홀몸도 아니면서."

"몸을 자주 움직여 주는 게 아이한테 더 좋다고 해요."

찬주는 웃으면서 침실로 올라갔다. 시월이도 그런 찬주를 돕기 위해서 같이 올라갔다.

갑자기 경성을 가게 되어서 나도 서재로 가서 필요한 것들을 챙기기 시작했다. 이번에 조선으로 가면 꼭 확인해야 하는 것이 있어 그것을 위한 준비도 단단히 했다.

30분 정도가 지나고 나서 하야카와가 내가 있는 서재로 왔다.

"전하, 가실 준비가 다 되었습니다."

"언제 출발하는 것인가?"

"기차는 2시간 뒤에 출발하는 것이옵고, 오사카에서 이왕 전하와 함께 조선으로 가는 배를 탈 예정이옵니다. 조선 귀족분들과 장례에 참석할 예정인 화족과 황족분들까지 오사카에 모여, 황실에서 마련한 특별선을 타고 조선으로 갈 예정이옵니다."

을사오적은 아니지만, 경술국치 때에 어전의 병풍 뒤에 숨어서 어새를 치마 속에 숨겨서 버티던 대비마마에게서 어새를 뺏은 인물이 바로 윤덕영이다.

대비마마에게 사적으로 백부가 되는 사람이었으나, 그 사건 이후로 골수 친일파인 윤덕영을 상대하지 않았다. 물론 공식 석상에선 어쩔 수 없이 만나야 할 경우가 있기는 하였으나, 창덕궁에 유폐된 대비마마가 공식 석상에 모습을 드러내는 경우는 거의 없었다.

"천황께서 신경을 많이 쓰시나 보구나."

폐하라는 존칭을 생략한 말투였지만, 과거에는 천황이 아니라 일왕이라고 지칭하고 반말까지 했던 이우여서 하야카와는 전혀 신경을 쓰지 않았다. 아니, 오히려 천황이라고 표현을 해 준 것만 해도 많이 나아졌다고 생각했다.

"내선을 통합하는 데 크게 일조를 한 공신이시고, 쇼와 10년(1935년)에 총독부에서 발행한 '조선공로자명감'에 1등 공신으로 올라가 있으신 분입니다. 황거에서 신경을 쓰시는 건 당연한 일이옵니다."

하야카와는 안타깝다는 듯이 말을 해 왔다.

"아~ 그런가? 이거 참 안된 일이구먼, 그런 공신이 죽었으니 말이야. 준비는 끝난 것인가?"

일본의 입장에서는 천하의 공신일지 모르나 내 입장에서는 매국노이자 민족 반역을 저지른 죽일 놈일 뿐이었다. 그런 사람을 내 앞에서 공신이라 하는데 좋은 대답이 나갈 수가 없었다. 욕은 못 하더라도 비아냥거림까지 참지는 못했다.

"네, 전하. 마님께서도 짐을 다 챙기시고 1층에서 기다리고 계십니다."

하야카와 역시 나의 반응에서 자신이 잘못 말했다는 걸 느꼈는지 나의 질문에만 대답했다.

"내 곧 내려가지. 가서 기다리게."

하야카와를 내보내고 준비를 한 작은 가방에 이런저런 서류와 바닥에서 꺼낸 옥새玉璽가 들어 있는 함을 넣었다.

짐을 챙겨서 내려가자 거실에는 나를 배웅하기 위해서 집 안에 있는 사람들이 다 나와 있었다.

시월이는 나를 따라가기 위해서 자신의 짐과 나의 짐을 같이 들고 있었다. 하야카와 역시 자신의 짐으로 보이는 짐을 가지고 있었다.

"오라버니, 조심해서 다녀오세요."

"이번에는 오사카에서 이은 전하와 함께 가는 것이니, 편하게 다녀올 거니까 걱정하지 말고 있어."

"네."

찬주와 작별 인사로 짧은 포옹을 하고 나서 준비되어 있는 차를 타고 출발했다.

기차를 타고 오사카에 도착하자, 먼저 도착한 사람들은 배에 승선을 해 있었다. 배는 오늘 저녁에 출발할 예정이라고 했다. 나도 빠르게 준비를 하고 배에 올랐다.

배에는 일본 황실의 문양인 노란색의 국화가 곳곳에 새겨져 있었고, 선수에는 대화大和라는 한자가 새겨져 있었다. 올해 8월에 진수를 한 전함 야마토大和와 같은 이름이었다.

야마토는 원래 일본 황실을 뜻하는 말로서, 천황가에서 필요에 의해서 성을 써야 하는 경우가 있으면 사용하는 것이다.

이 여객선을 내어 준 것만 봐도 이완용에 버금가는 민족 반역자였던 윤덕영의 죽음을 일본 황실이 얼마나 신경을 쓰고 있는지를 알 수 있었다.

보통 조선의 귀족들이 한일을 오갈 때는 꼭 시모노세키까지 가서 배를 타게 하였는데, 일본 고위 귀족들이 조선에 일이 있어 갈 때에 오사카나 도쿄에서 배를 타고 인천까지 가는 것과는 대비를 이루었다.

일종의 차별이었는데, 배를 타고 가면 1박 2일이면 도착하는 곳을 기차와 배를 나눠서 타고 가 3~4일이나 걸리게 했다.

"이왕 전하께서는 어디에 계시는가?"

배에 승선하자마자 지나가는 승무원에게 물었다.

"아직 승선하시지 않은 것으로 알고 있습니다."

승무원의 말을 듣고 나서 배정받은 방으로 가자 육상에서의 방과 다를 바 없이 잘 꾸며져 있었다. 나의 방을 기준으로 양옆에 수행원들이 묵을 수 있는 방도 있어서, 시월이와 하야카와도 각각 하나의 방을 차지했다.

다음 권으로 이어집니다

200평 초대형 24시 만화방

수원시청점

로데오거리   ●농협

●CGV   ⑧ 수원시청역 8번출구

24시 만화방 3F

●홍콩반점

TEL : 031-226-3771
수원시 팔달구 인계동 1041-11 3층 24시 만화방

수면실 (침대식) ─ 사우나석

2인석 ─ 샤워실

세탁기 ─ 신간100%

의정부점

의정부역 ④ ⑤   흥선지하도

◀서울방향

진성약국   던킨도넛츠

24시 만화방 3F

TEL : 031-856-3971
경기도 의정부시 의정부동 197-13 3층

안양점

●안양역   육교

◀관악역   명학역▶

농협
24시 만화방 2F
안양일번가

TEL : 031-466-3771
경기도 안양시 안양동 674-163 공룡고기건물 2층

주안점

주안 남부역

◀제물포   민병철 어학원   간석동▶

24시 만화방 6F

TEL : 032-426-2871
인천광역시 주안남부역 지하상가 4번 출구 GS25시 건물 6층

안산점

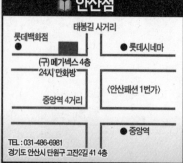

롯데백화점   태봉길 사거리   ●롯데시네마

(구) 메가넥스 4층 24시 만화방

〈안산패션 1번가〉

중앙역 4거리

●중앙역

TEL : 031-486-6981
경기도 안산시 단원구 고잔2길 41 4층

Now being admitted to the profession of medicine,

I solemnly pledge to consecrate my life to the service of humanity.
I will give respect and gratitude to my deserving teachers,
I will practice medicine with conscience and dignity.

이해날 장편소설

의사

Doctor

자칭 다이내믹 천재 의사 무진!
신의 의술에 도전하다!

어린 시절부터 슈퍼맨을 꿈꾼 무진
남을 돕는 정의의 사도가 되려고 노력하지만
실상은 돈 없고 빽도 없는 모자란 얼간이!
남들에게 비난받아도 늘 다이내믹한 인생을 바라는데!

그런 그의 앞에 금발을 찰랑이며 나타난 미녀 의사!
무진만 볼 수 있고 들을 수 있는
귀신의 몸으로 그에게 의술을 가르치는데……

산뜻린 듯한 의술의 고스트 닥터 이무진!
귀신에게 받은 능력으로 정의를 행하라!